※真冬ファンの皆様への、
お詫びの気持ちです。
ファンタジア文庫編集部

瞬間。
銃声が体育館に響き渡った。
……アカちゃんが、死んだ。

3-A

「は、初めまして。中目黒善樹と言います。
これから、どうぞよろしくお願い致します。」

生徒会の日常
碧陽学園生徒会黙示録1

葵せきな

ファンタジア文庫

1470

口絵・本文イラスト　狗神煌

生徒会の日常
碧陽学園生徒会黙示録1

こくばん

生徒会長

桜野《さくらの》くりむ

三年生。見た目・言動・思考・生き様、
すべてにおいてお子さまだが、
何事にも必要以上に一生懸命。

副会長

杉《すぎ》崎《さき》鍵《けん》

学業優秀による『特待枠』で
生徒会入りした異例の存在。
黒一点の二年生。
エロ……もとい、
ギャルゲ大好きで、生徒会
メンバーの全攻略を狙う。

書記

紅葉《あかば》知弦《ちづる》

長身・モデル体型の美女。
クールでありながら
優しさも持ち合わせている
大人の女性。
生徒会における
参謀的地位だが、激しくＳ《サド》。

副会長

椎名《しいな》深夏《みなつ》

運動神経抜群で
ボーイッシュな美少女。
女子人気が高く、若干百合気味。
鍵とはクラスメイトだが、デレる
気配のない正統派ツンデレ。

会計

椎名《しいな》真冬《まふゆ》

深夏の妹で一年生。
はかなげな美少女で
男性が苦手。
鍵には「一番攻略しやすい」
と思われていたが、とある
理由により恐怖対象に。

出入り口

これが生徒会室の配置よ!

「ドラゴンマガジンのっとりの序章よ!」

by 会長

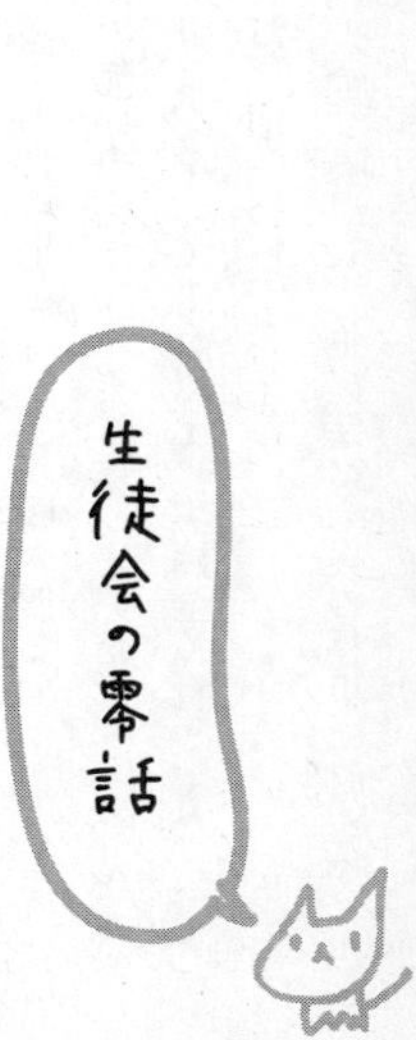

【生徒会の零話《こぼればなし》】

「想《おも》いを伝えたいなら、言葉にしなきゃ駄目《だめ》なのよ！」

会長がいつものように小さな胸《むね》を張《は》ってなにかの本の受け売りを偉《えら》そうに語っていた。

そして、今回は続けざまにもう一言。

「いよいよドラマが進出よ、諸君《しょくん》！」

『わー』

ぱちぱちぱちぱち……と、俺達《おれたち》生徒会メンバーのテキトーな拍手《はくしゅ》が響《ひび》き渡《わた》る。

会長・桜野《さくらの》くりむは、いつものように根拠《こんきょ》の無い自信でふんぞり返っていた。ぺったんこの胸に、三年どころか高校生とは思えない身長、そしてそれ以上に実は全く育ってない精神年齢《せいしんねんれい》。どこをとっても、立派《りっぱ》なロリ少女だ。相変わらず萌《も》える。

俺……二年生男子にして副会長の杉崎鍵《すぎさきけん》は、一つ嘆息《たんそく》し、生徒会室中央の長机《ながづくえ》に肘《ひじ》をついて、ぼんやりと彼女に声をかける。

「そんなことはどうでもいいんで、とりあえず、そろそろ俺との交際《こうさい》に踏《ふ》み切りましょうよ、会長」

「なんで急に私が杉崎と交際しなきゃいけないのよ！」

「愛し合っているからですが、何か」

「激《はげ》しく一方通行だよ！」

「ああ、まあ、会長は俺にベタ惚《ぼ》れでしょうけど、俺は、他の女性《じょせい》も愛してますからね。ヤキモチは分かりますよ」

「違《ちが》ぁ――う！　うぅ……とにかく！　ドラマガ進出はどうでもいいことなんかじゃないよ！　ドラマガだよ、ドラマガ！」

「……ドラマガ、ねぇ」

俺は交際を断《ことわ》られた直後なので、正直《しょうじき》全く乗り気になれない。他の生徒会メンバーを見渡してみても、会長ほど、「ドラマガ」の単語に興奮《こうふん》している人間はいなかった。

俺の隣《となり》に座《すわ》るツインテールの運動少女にして俺と同じ副会長、椎名《しいな》深夏《みなつ》は、そもそもこういうライトノベル事情《じじょう》に疎《うと》い人間だから、「どらまが？」と、それ自体を知らない風に首を傾《かし》げた。

会長はそんな深夏に向き直り、意気揚々《ようよう》と説明を開始する。

「ドラマガっていうのはね、深夏。ドラゴンマガジンの略《りゃく》よ！」

「え、なんだその強そうなネーミングの雑誌《ざっし》！　ちょっと燃《も》えるな！」

ああ、深夏が変なところに食いついてしまった。

会長は気をよくしたのか、「そうなのよ」と話を続ける。

「ドラゴンのマガジンなのよ。それを名乗るからには、その雑誌には、史上最強のラインナップが掲載《けいさい》されているというわけよ」

「な、なんだって！　それに、この生徒会が進出ってぇことは……まさかっ！」

「そうよ深夏！　我々《われわれ》も……遂《つい》に最強の仲間入りよ！」

「よっしゃぁあああああああああああああああああああああ！」

深夏、全力でガッツポーズである。意味が分からん。

そんな、一人燃え盛《さか》る深夏に、妹である真冬《まふゆ》ちゃん……椎名真冬が、少々びくびくしながらも、「ま、まあまあ」と姉を宥《なだ》める。

「変な説明しないで下さい、会長さん。最強って二文字に弱いんですから……。えっとね、お姉ちゃん。お姉ちゃんは、ドラゴンマガジンは、確《たし》かにライトノベルの雑誌だけど、最強がどうとか、そういうことではないと思うよ？」

真冬ちゃんは、姉に淡々《たんたん》と言い聞かせる。一年で会計の真冬ちゃんは、肌《はだ》も色白で、男性も苦手で、インドアで……ということから、一部男子にやたら受ける、「儚《はかな》い女の子」の代表格《かく》みたいな子だ。目下、俺が一番攻略《こうりゃく》しやすそうな生徒会メンバーでもある。ただ……最近若干《じゃっかん》腐女子《ふじょし》気味なので、中々侮《あなど》れない人物なのだが。

真冬ちゃんに諭《さと》され、深夏はようやく「そうなのか」と少しだけ落ち着いた。会長は少し不満そうだ。

そのタイミングを見計らって……俺の対面の席に座る、三年で書記の紅葉《あかば》知弦《ちづる》さんが、話をまとめた。「アカちゃん」と、会長のあだ名を呼《よ》ぶ。

「つまり、私達の生徒会活動をまとめた例の本が出るにあたり、同じく富士見書房《ふじみしょぼう》から出版《しゅっぱん》されているライトノベルの雑誌『ドラゴンマガジン』に、広告のためにも、私達の話を一話掲載して貰《もら》うスペースを頂《いただ》いた、ということかしら？」

「そ、そうよ、うん。そう言っているじゃない、最初から」

言ってない。全く言ってない。まあ、知弦さんがまとめてくれたからいいけど。

この大人びた女性である知弦さんは、会長がアレな生徒会をうまく舵取《かじと》りしてくれる、この生徒会の要《かなめ》である。外見も精神同様とても成熟《せいじゅく》しており、黒く滑《なめ》らかな長髪《ちょうはつ》に、抜群《ばつぐん》のスタイルと、非《ひ》の打ち所が無い美人だ。……健全な男子高校生には、たまりません。

しかし……。

「あら、キー君。私を熱心に見つめて、どうしたのかしら？　早く鞭《むち》で叩《たた》いて欲《ほ》しくて、我慢《がまん》できなくなったの？」

知弦さんが妖艶《ようえん》に目を細めて、俺を見つめる。

「なんで俺、そんな性癖設定《せいへきせってい》なんスか……」

俺はガックリと肩《かた》を落とす。知弦さんのことは大好きなんだけど……この人、ドSなのがなぁ。手玉にとられまくってしまうから、若干苦手ではある。

さて、生徒会メンバーは俺を含《ふく》んで、この五人だ。つまり、俺以外は皆《みな》美少女！　どうだ男子！　羨《うらや》ましいだろ！　つまりここは俺のハーレム！

別にこの状況《じょうきょう》は偶然《ぐうぜん》でもなんでもない。単純《たんじゅん》に、この学校は人気投票で生徒会が決まるから、美少女が生徒会役員になる率《りつ》が高いだけであり、そして、その美少女の集まりに加わりたい一心で、俺が生徒会に入ったというだけの話だ。まあ、俺が入った方法云々《うんぬん》だが、その辺は、いつかどこかで語ることもあるだろう。っていうか一巻《かん》買えや、お前。

まあ……問題は、現《げん》時点で、誰《だれ》一人デレていないことだが。さっきも会長に振《ふ》られたし。

「とにかく、ドラマガに載《の》るのよ、私達！」

俺の恨《うら》みがましい視線《しせん》になど気付きもせず、会長は話を続ける。彼女が勝手に企画《きかく》を立ち上げるのは毎度のことなので、俺達は、黙《だま》って（諦《あきら》めて）それを聞いた。

「そこで今回の議題は、『効果《こうか》的な広告をするためには、どんな内容《ないよう》・戦略で攻《せ》めたらいいか』よ！　ドラマガでやることを話し合いましょう！」

「……なんか、以前もこんなのありましたよね……。ブログ販促《はんそく》とか……」

「まあ、確かにそうね。言っちゃえば、規模《きぼ》はこっちが大きいけど、アレと同じね。私達の本が出るにあたって、その雰囲気《ふんいき》とか内容を伝えたいわけだから」

そう言いつつ、会長はホワイトボードに「ドラマガ読者をゲットだぜ！」と記《しる》していた。

……言葉のチョイスが妙《みょう》に古い。そうして、こちらを振り向き、「さて」と仕切る。

「なにかいい案ある人ー」

呼びかけるも、シーンとする生徒会室。

深夏が、腕《うで》を組んで唸《うな》っていた。

「いや、いい案って言われてもな……。そもそも、あたし、ドラマガっていう雑誌知らねーから、イマイチ……」

「あ、お姉ちゃん。真冬がドラマガ持ってるよ。……ええとね……あ、あった」

真冬ちゃんがポシェットからドラマガを取り出す。……っていうか、あのポシェット、相変わらずなんでもアリだな。明らかにドラマガとポシェットのサイズ比《ひ》がおかし――いや、詮索《せんさく》するのはやめておこう。

真冬ちゃんが出したドラマガを、深夏はパラパラとめくる。そして時折、「あ、これは知ってんな」だのなんだの呟《つぶや》きつつ、最後のページまで辿《たど》りついた。

長机《ながづくえ》の上にぺたんとドラマガを置き、深夏が会長に返す。

「分かったぜ、会長。あたしも知っているぐらい有名なのがあったから、これに便乗《びんじょう》しようぜ！　同じ雑誌《ざっし》に載るってことは、仲間も同然なんだろ？」

「？　どういうこと？　深夏」

会長と同じく、俺や知弦さん、真冬ちゃんも首を傾《かし》げる。そうこうしていると、深夏は、自信満々で答えた。

「あたし達の本も、スレイヤーズの新作ということにしておこうぜ」

「駄目《だめ》だろ！」

俺は席から立ち上がり、全力でツッコム。深夏は、「えー、いいじゃねぇかよー」とむくれていた。

「ドラマガの主力にあやかろうぜー」

「あやかっちゃ駄目だろ！　なんかもう、倫理《りんり》的に、色々駄目だろ！」

「スレイヤーズが駄目なら……じゃあ、いっそタイトルを『伝説の生徒会の伝説』にするのもいいんじゃねーかな」

「だからなんなんだよその発想！　他力本願《たりきほんがん》も甚《はなは》だしいだろ！」

俺がとことん否定《ひてい》すると、深夏は「ぶー」とむくれてしまった。

疲《つか》れて、他の皆に同意を求めようと辺りを見回すと、会長が「ふむ……」と何か頷《うなず》いていた。

会長は、指を顎《あご》に当てて、一言。

嫌《いや》な予感がする。

「ソードワールド展開《てんかい》の一環《いっかん》、というのもいいかもしれないわね」

「乗った!?」

深夏に便乗してしまっていた。俺は慌《あわ》てて会長にツッコム。

「そもそもソードワールド関係ないでしょう、俺達の世界！」

「なんかこう……ほら、リウイで『生徒会の島の魔法《まほう》戦士』みたいなことをやって貰《もら》えば……」

「魔法戦士来んの⁉　ここに来んの⁉」

「杉崎がリウイに討伐《とうばつ》される、あの事件のことよ」

「勝手に歴史設定《せってい》を改竄《かいざん》しないで下さい！」

「……まぁ、無理があったかもしれないわね、これは」

そう言って、ようやく会長は引き下がってくれる。

俺は一安心して、自身も席に着こうと腰《こし》を下ろしかけたが、そこで、真冬ちゃんが唐突《とうとつ》に口を開いた。

「あ、だったら、ポリ○ォニカに便乗――」

「だから勝手に世界観を繋《つな》げるなぁ――！　しかも他社！」

全力で叫《さけ》ぶ。さすがの真冬ちゃんもこれには引いてしまったらしく、「じょ、ジョークですよ、あはは」と、すんなり意見を引っ込《こ》めた。

俺がぐったりと着席すると、真冬ちゃんは「じゃあ……」と腕を組み、次の案を模索《もさく》し始めた。

「ドラゴンマガジンの読者層《そう》って……基本《きほん》的にやっぱり、ファンタジーとか好きだと思うんですよね」

「ん……まあ、それは、一概《いちがい》には言えないだろうけど、嫌《きら》いな人は少ないだろうな」

多分。

「だったら……思い切って、この生徒会も、ファンタジー要素《ようそ》を加えるべきだと、真冬は思います！」

「って、そもそも、この企画《きかく》って『俺達生徒会の活動記録をそのまま文章媒体《ばいたい》にして、現《げん》在《ざい》の生徒会人気を不動のものにしよう』みたいな動機のはずだろ。だったら、こういう会議内容《ないよう》を話には出来ても、実際《じっさい》に起こってないことは——」

「杉崎先輩《せんぱい》！　今こそ、先輩が主人公らしく特殊能力《とくしゅのうりょく》に目覚める時ですよ！」

「目覚めないよ！　そんな動機で能力目覚めた主人公、見たことねぇよ！」

「じゃあ、異世界《いせかい》へのゲートでもちゃちゃっと開いて下さい」

「そんなことがちゃちゃっと出来る俺って、何者なんだよ！」

「じゃあ、学園を《自律型移動《いどう》都市》に改造《かいぞう》しましょう！」

「鋼殻《こうかく》の生徒会⁉　っていうか、真冬ちゃんも、そのあやかり精神《せいしん》はやめようよ！」

「あやかっちゃ駄目ですか。……ううむ。じゃあ、ドラゴンマガジンで今までになかったジャンルに挑《いど》んでみるのは如何《いかが》でしょう」

「今までになかったジャンル？」

真冬ちゃんはそこでこほんと一つ咳払《せきばら》いし、そして、とろけるような満面の笑《え》み。

「杉崎先輩を主人公としたボーイズラ――」

「てぃっ！」

「あぅっ」

消しゴムの切れ端《はし》を真冬ちゃんのおでこに向かって弾《はじ》く。別に痛《いた》いような攻撃《こうげき》じゃないが、真冬ちゃんは「あうー」と額《ひたい》をこすり、反省した風にシュンと黙《だま》り込んだ。……一安心。深夏が軽く文句《もんく》を言ってきたが、ボーイズラブ企画を上げられるよりはマシだ。

そうこうしていると、まだドラマガ進出に関する意見を言ってない知弦さんが、「ふふふ」と妖《あや》しげな笑みを浮《う》かべて、すっかり進行役みたいになってしまっている俺《おれ》を見ていた。……すげーイヤな予感がする。が、訊《き》かないわけにもいかない。

恐《おそ》る恐る、彼女にも意見を求める。

「ええと……知弦さんは、なにか意見、ありますか？」

「ええ、あるわよキー君。たくさん」

たくさんあるんだ。……い、いや、知弦さんは、なんだかんだ言って、いい意見を出してくれる率《りつ》は高い！　ここは、賭《か》けてみるか！

俺は決意をもって、知弦さんの瞳《ひとみ》を見つめ返す。

知弦さんは俺のその意思《いし》を受け取り……そうして、ゆっくりと口を開いた。

「『とある生徒会の禁書目録《インデックス》』——」

「アンタもか————————————————————!」

結局他社から引っ張《ぱ》ってきていた。

知弦さんは俺の反応《はんのう》を充分堪能《じゅうぶんたんのう》したかのように微笑《ほほえ》むと、「ま、それは冗談《じょうだん》として」と続けてきた。

「今までの意見は行きすぎだとしても、確《たし》かに、『既存《きぞん》の有名作品に関連する』というのは、手っ取り早く注目してもらう一手段《いちしゅだん》ではあるわね」

「そ、それはそうですけど……。俺らのこれって、ドキュメンタリーみたいなもんなんですから、絡《から》めるとか無いでしょう」

「そうね。作品自体を絡めるのは無理でしょう。となれば……」

「となれば?」

「ここは、作家を始めとする有名人さんから推薦《すいせん》コメントなり、帯《おび》コメントなりを貰《もら》うのが有効《ゆうこう》じゃないかしら。つまり、ドラマガ進出で、それを募集《ぼしゅう》するのよ」

「……はぁ。まあ、有名人に推薦してもらったら、凄《すご》いでしょうけど」

それは確かに注目されそうだが。しかし……。

「有名人がそんなにホイホイコメントくれないでしょう」

「確かに難《むずか》しいわね。でも、色々手はあるわよ」

「手？　どういうことですか？」

「そうね……例《たと》えば……」

そこで知弦さんは一拍《いっぱく》おき、そして、ニヤリと不敵《ふてき》な笑み。

「『感動で涙《なみだ》が止まりませんでした　by柴咲《しばさき》コウ…………の、親戚《しんせき》の親戚（とても小さく）』みたいな」

「完全に詐欺《さぎ》じゃないですか！」

「詐欺じゃないわよ。親戚の親戚を捜《さが》して本当に書かせればいいのよ」

「親戚の親戚っていう部分を目立たなくしてるじゃないですか！」

「大丈夫《だいじょうぶ》。裁判《さいばん》になったら勝てるぐらいには、文字サイズを調節《ちょうせつ》するわ。任《まか》せておいて！」

「無駄《むだ》に頼《たよ》りになりますね！　っていうか、やめて下さい！」

「……キー君は、真面目《まじめ》ねぇ」

「貴女《あなた》が邪悪《じゃあく》なだけですよ！」

知弦さんは少しだけ残念そうにした後、すぐさま表情《ひょうじょう》を切り替《か》えて、また提案《ていあん》してきた。

「じゃあ、こういうのはどうかしら？」

「なんですか……」

「『富士見《ふじみ》ファンタジア文庫史上、最も面白《おもしろ》い作品　by編集部《へんしゅうぶ》』」

「荷が重すぎる――――――――――――――――――――――――！」

「少々のハッタリは必要よ、キー君」

「少々じゃないでしょう！」

「自分達の物語をそう卑下《ひげ》するものではないわ」

「そういう問題じゃないです！　っていうか、編集部が了承《りょうしょう》しませんよ、そんなコメント！」

「ふふふ……それは大丈夫よ。あの編集部は既《すで》に、私の命令を拒否《きょひ》できないわ」

「富士見書房《しょぼう》に何をした――――!?」

「ふふ……便利な世の中よね。携帯《けいたい》にもカメラがついているんだから」

「全く事情分からないけど、怖《こえ》ぇ――――――――――!」

「まあ、その手段は確かに私も本意じゃないわ。他のも模索《もさく》してあげましょう」

「是非《ぜひ》そうして下さい……」

「そうね……」

　知弦さんが数秒考え込み、そして、ぽんと手を叩《たた》く。


「『この本が売れなければ、世界は滅《ほろ》ぶだろう　by神様』」

「煽《あお》り文どころか、既に脅迫《きょうはく》じゃないですか！　凄《すご》い規模《きぼ》の！」

「もしかしたらこれは、聖書《せいしょ》の発行部数さえ超《こ》えるかもしれないわね」

「貴女の目標設定《せってい》は総《そう》じて高すぎる！」

「そうと決まれば、神様に頼《たの》まないとね、コメント。ドラマガで呼《よ》びかけたらやってくれるかしら？」

「凄いなドラマガ！　神様も読んでいるんだ！」

「二ノ宮君とまぶらほ目的らしいわよ」

「ラブコメ好きなんだっ、神様！」

「というわけで、神様。このやりとりを見ていたら、至急《しきゅう》、富士見書房までご連絡《れんらく》下さい」

「連絡来ても困《こま》るわ、編集部！」

「毎月アンケートとファンレターも送っているらしいわよ、神様」

「結構頻繁《けっこうひんぱん》に連絡来てるんスね！」

もう、ツッコミきれん。俺はぐだっと長机《ながづくえ》に突《つ》っ伏《ぷ》す。

知弦さんはどうやらようやく満足したのか、いつも持ってきている自分用のミネラルウォーターを一口飲んで、ふぅと一息ついていた。

……なんか結局、誰《だれ》もマトモな案を出してくれていない気がする。

会長と椎名姉妹《しまい》は、また、「あやかり案」を勝手に検討《けんとう》し始めてしまっているし。知弦さんに至《いた》っては、「言いたいことは全部言い切ったわ」という満足感溢《あふ》れる表情で皆《みな》を見守っているし。

……仕方ない。

こうなったら、俺が動くか！　この俺……美少女ハーレムの主《あるじ》たるこの杉崎鍵が、遂《つい》に、提案を開始するか！

「よし、皆、俺の意見を聞いてくれ！」

勢《いきお》い良く立ち上がると、全員の視線《しせん》がこちらを向く。……総じて全く俺に期待していない視線だが、そんなことは気にしない！

しかし隣《となり》の深夏が、すかさず水を差すようなことを言ってきた。

「鍵の意見は別にいらねーよ」

「な、なんでだよ！」

「どうせ……エロ方面に行くだろ、お前」

「うっ！」

完全に図星だった。「ドラマガ版《ばん》の内容《ないよう》はセクシーショット連発で行きましょう！」と言う気満々だった。

「ち、ちげぇよ。そりゃお前、めっちゃ、真面目《まじめ》で、画期《かっき》的な意見言う気満々だったさ、ああ」

汗《あせ》をダラダラかき、視線を逸《そ》らしながら答える。深夏は「ふーん」と俺を冷たい視線で見つめていた。

そんな俺に対して、会長が、「じゃあ言ってみて」と追い討《う》ちをかけてくる。

「杉崎のその、とても真面目で画期的な意見、聞いてあげるわ」

「うぐっ……。え、えと。……ドラゴンマガジン版は、俺と会長の間に生まれた子供《こども》による、真面目な一人称《いちにんしょう》作品、とか」

「画期的すぎて意味が分からないよ！　っていうか、全部子供に丸投げ!?　しかも、サラリと私と『将来《しょうらい》そういうことがある』のを暗示《あんじ》しているし！」

「うぅ……すいません、俺にはそれ以外、真面目な意見なんて……」

「どんだけ不真面目なのよ、杉崎！　副会長なのに！」

俺はしゅんと沈《しず》み込《こ》む。……ハーレムの主なのに、散々だ。

すっかり会議が停滞《ていたい》してしまう。すると、知弦さんが「そうねぇ」と口を開いた。

「ドラマガ短編《たんぺん》の内容自体は、まあ、普段《ふだん》のこういう会議の模様《もよう》でいいとしても。やっぱり、ドラマガ読者の心を捉《とら》えて、『これは一巻《かん》も買ってみよう！』と思わせる文章があって然《しか》るべきよね」

「というと？」

「例えば……私達の会話が妙《みょう》に思わせぶりだったり」

その知弦さんの言葉に、深夏が「なるほど！」と便乗する。

「『アイツが死んでから……もう、一週間か』とかだな！」

「本編で俺達に何があったんだよ！」

「いや、別に何もなくてもいいんだよ。思わせぶりなだけで」

「詐欺《さぎ》だろう、それは！」

酷《ひど》い手法だった。

しかし、俺以外のメンバーはノリノリである。真冬ちゃんまで、「それならこういうのはどうでしょう！」と提案《ていあん》してきた。

「ドラマガ読者はファンタジーが好きですから！　だから、例えば杉崎先輩《せんぱい》が、時折、『待て、深夏！　その能力《のうりょく》は、簡単《かんたん》に使うんじゃない！』みたいな、凄《すご》く思わせぶりなことを言うのはどうでしょう！」

「だから、詐欺だって！　誰も特殊《とくしゅ》能力持ってないだろう！」

「いいんです。思わせぶりなだけですから。結局最後まで、不思議現象《げんしょう》は起こりません」

「なんかすげぇ悪質《あくしつ》だよねぇ！」

回収《かいしゅう》されない伏線《ふくせん》を意図的にばらまくとは……。

げんなりしていると、会長まで乗っかってくる。

「だったら、気になる過去《かこ》を挟《はさ》むのはどうかしら！　これなら現実的でしょう！」

「……例えばどんなものです？」

「そこはほら、杉崎の一人称作品なんだから、杉崎の過去よ」

「別に、人を引きつける過去なんて、俺、ないですよ」

　確《たし》かに、俺にだってぺらぺら話せない過去の傷《きず》の一つや二つぐらいならあるが、人を引きつけるようなものとは思えない。

　しかし、会長は知ったかぶりで続けてきた。

「『あの頃《ころ》の俺は、人を殺すことをなんとも思ってなかった……』みたいな！」

「想像《そうぞう》以上にドス黒い設定《せってい》だった！」

「こうなると、ドラマガ版短編とのあまりのテンションの違《ちが》いに、読者は一巻を気にしてしまう仕掛《しか》けよ！」

「それはいいですけど、一巻でもそんな過去には触《ふ》れられてないでしょう！」

「いいのよ、別に。買わせちゃえば、こっちのもんよ！」

「その悪質さ、いっそ清々《すがすが》しいわ！」

　どうせ誰も騙《だま》されないだろうけど。

　会長は一人、まだ妄想《もうそう》を続けている。

「杉崎は過去に非情《ひじょう》なアサシンだったのだけれど、私、桜野くりむの偉大《いだい》さに心を打たれて、改心し、副会長になるまでの経緯《けいい》が、一巻の内容。……ということでいきましょう」

「いかないですよ！　っつうか、現代日本でゴロゴロ殺人犯《おか》しているヤツが、最終的に何も償《つぐな》わず副会長やっていていいんですか！」

「じゃあ、こうしましょう。杉崎は、実は、誰も殺してなかった！」

「アサシンの設定が根底から覆《くつがえ》った！」

「杉崎は実は、自分をアサシンだと思い込んでいただけの、痛《いた》い空想野郎《やろう》だったのよ！」

「俺《おれ》の設定がどんどんいたたまれなくなってますけど！」

「そういう感じをドラマガで匂《にお》わせて、一巻を買わせよう！」

「買いませんよ、誰も！　そんな空気匂わされても、全く魅力的《みりょくてき》じゃないッスよ！」

「そんなドン底の杉崎を救う私の魅力が、一巻にはぎっしり！　ということにしましょう！」

「一巻買わせるためだけに、どんだけ俺を犠牲《ぎせい》にすれば気が済《す》むんだアンタは！」

全力で否定《ひてい》し、息《は》を吐く。会長を始め、メンバーは全員不満そうだった。

……いいだろう。そういう態度《たいど》とるんだったら、あえて、乗ってやろうじゃないか。それがどんだけ無謀《むぼう》か、その身をもって知るがいいわ！

「よし、そんだけ言うなら、今から実際《じっさい》にやろうじゃないか！　ここからの会議内容《ないよう》は、思わせぶりに話してみようぜ！　出来が良かったら、それをドラマガ短編の内容にして提出してやるよ！」

　その俺の提案の一言で。

「思わせぶりな生徒会」が始まった。

＊

　俺は、杉崎鍵。過去に……大きな傷を持つ男だ。その件《けん》については、他で語ることもあるだろう。

「鍵……アイツのことは、もう忘《わす》れろよ」

　隣《となり》に座《すわ》る美少女、深夏が、神妙《しんみょう》な顔でそんなことを言う。俺は深く嘆息《たんそく》した後、首をふるふると横に振《ふ》った。

「忘れられるもんか……。俺が殺したようなもんだ」

　肩《かた》をワナワナと震《ふる》わせる。俯《うつむ》いていると、真冬ちゃんが「でも」と感情的に反論してきた。

「杉崎先輩はよくやりましたよ！　そうですよ……。最初から……最初から、彼に敵《かな》うハズなんてなかったんです……。最強の能力者であり、組織《そしき》のナンバー2である、彼には……」

「真冬ちゃん……ありがとう。でも俺は……俺はっ！」

悔《くや》しさで机《つくえ》を叩《たた》く俺、杉崎鍵。瞳《ひとみ》に涙《なみだ》を滲《にじ》ませていると、会長が、俺の肩にぽんと手を置いた。

「そうか……杉崎。貴方《あなた》はまだ、十、十、十年前のことを引き摺《ず》っているのね」

「会長……」

「十年前、確《たし》かに、貴方は多くの人間の命を奪《うば》ったわ。でもそれは……」

「いいえ、会長。分かってます。でも……だからこそ、俺は、残りの人生を全《すべ》て人を救うことに費《つい》やさなければいけなかったのに……。それが俺の存在意義《そんざいいぎ》だったのに！」

「杉崎……」

「それなのに……アイツを……親友のアイツを救えなかったなんて！」

悔しさに、思わず机を思い切り叩く。皆《みな》が黙《だま》り込んでしまう中、ただ一人、ぽつりと、知弦さんが口を開いた。

「そうね……。でも、そんなに気にしても仕方ないわ。まさか、あ、あんな場所に、チ、チ、チーズケ、キ、キが放置されていたなんて、誰も思わないもの」

『…………』

……………。黙り込む俺達。

会長が、少し動揺《どうよう》した様子で、口を開く。

「そ、そうね……チーズケーキさえなければ、あの戦いは、杉崎の勝利だったわ」

あ、汚《きたね》ぇ！　便乗しやがった！…………いや、なんでもない。俺は杉崎鍵。アサシンの過去《かこ》を持つ、ハードボイルドな男。

会長に続けとばかりに、椎名姉妹《しまい》が次々と口を開く。

「ま、真冬も、チーズケーキが勝敗を決するとは思いませんでした……」

「そ、そうだな。あたしもアレばっかりは……。鍵、実際、あの時はどうだった？」

ぐっ！　俺に振りやがった！……い、いや、なんでもない。俺は杉崎鍵。最近親友を失った男。

「そ、そうだな……。……ああ、チーズケーキさえなければ、勝てた勝負だった」

「具体的には？」

知弦さんがすかさず訊《き》いてくる。……このドSめ！

「……え、と。あ、あそこにチーズケーキがなければ、俺が足を滑《すべ》らせることもなかったわけですし……」

「ああ、成程《なるほど》。キー君は、チーズケーキに足をとられて、負けたのね」

「そ、そうです！」

ほっと胸《むね》を撫《な》で下ろす。……いや、なんでもない。

俺達は神妙《しんみょう》な空気に包まれた。

もう……あの戦いは思い出したくもない。そう、あの壮絶《そうぜつ》な戦いは……。

静まり返る生徒会室。そこで……再《ふた》び、知弦さんが口を開いた。

「ところで、キー君。死んだ彼……《人面魚《じんめんぎょ》のモモちゃん》とは、言葉も通じないのに、どうやって親友になったんだっけ？」

「無茶振《むちゃぶ》りもいい加減《かげん》にしてぇえええええええええええええええええええ！」

そんなわけで、俺達の「思わせぶりな生徒会」はあっけなく終わった。

＊

「知弦さん！　なんで色々破綻《はたん》させるんですか！」

俺はもう自分の役割《やくわり》も無視《むし》し、知弦さんに怒鳴《どな》る。他のメンバーも疲《つか》れた様子で見守る中、知弦さんはシレッと返した。

「あらキー君。貴方、この手法は反対だったでしょう？」

「そ、それはそうですけど！　やるとなれば真面目《まじめ》にやりますよ！」

「そう。私も、私なりに真面目にやったつもりだったんだけど……」

「どこがですか！」

「チーズケーキが原因《げんいん》で史上最大の決戦に勝負がつく物語なんて、気にならない？」

「確かに気になりますけど！」

「そして、人面魚の親友のために涙を流す物語よ？　誰《だれ》でも一巻《かん》買っちゃうわ」

「う……そ、そうですけど！」

相変わらず、知弦さんとの口論《こうろん》は分《ぶ》が悪い。会長と椎名姉妹も、苦笑《くしょう》したまま見守っていた。

そんな中で、知弦さんが全《すべ》てをまとめるように告げる。

「結局、こんな風に読者の興味《きょうみ》を引いたって、仕方ないっていう話よ」

『…………』

全員、思わず黙《だま》り込《こ》む。

……確《たし》かに、俺達、悪ノリしていたかもしれない。

知弦さんは、天使のような微笑《びしょう》で、全てを締《し》めくくる。

「だから、やっぱり、ありのままの私達を見て貰《もら》えばいいんじゃないかしら。こうして……下らないことを真剣《しんけん》にやっている、私達の物語を、ね」

ウィンクする知弦さん。そのあまりの神々《こうごう》しさに、生徒会の全員が、感涙《かんるい》する！

「そうよね！　私達の生徒会は、ありのままの姿《すがた》が充分魅力《じゅうぶんみりょく》的よね！」

「そうだぜ！　変に味付けする必要なんて、ねぇ！」

「真冬も、そう思います！」

「俺達は……間違《まちが》っていました、知弦さん！　目が覚めましたよ！」

慈愛《じあい》に満ちた微笑で俺達を見守る知弦さん。

こうして、俺達は、ドラマガ版《ばん》の短編《たんぺん》も、ありのままの会議内容《ないよう》でいくことに決定したのだった！

…………………。

……全ての悪ふざけ提案《ていあん》もそもそも知弦さん発信だったことに気付いたのは、それから数刻《すうこく》してからのことだった。

実録！　生徒会選挙ポスターの裏側！

会長の宣言

「アカちゃんは昔からこの調子だったわ」

by 知弦

【実録！　生徒会選挙ポスターの裏側《うらがわ》！】

「アカちゃん、なにしてるの？」

昼休み、三年A組の教室にて。私、紅葉知弦《あかばちづる》の親友であるアカちゃんこと桜野《さくらの》くりむは、せっせと模造紙《もぞうし》に向かって鉛筆《えんぴつ》を走らせていた。

私の質問《しつもん》に、アカちゃんは「ふっふーん」と胸《むね》を張《は》る。……可愛《かわい》い。

「実は——って、ちょ、知弦、なんですぐ抱《だ》きつくのよ！」

「気にしないで、続けて」

「……知弦が男の子に生まれてたら、私はなんらかの犯罪《はんざい》に巻《ま》き込《こ》まれていた気がするよ……」

「あら、心外ね」

「ご、ごめん、言い過《す》ぎた？」

「女である今でも、アカちゃんに犯罪的行為《こうい》を仕掛《しか》けるのなんて朝飯前よ！」

「たーすーけーてぇー！」

アカちゃんがクラスメイトに泣きながら助けを求めたので、仕方なく私はふざけるのをやめ、話を元に戻《もど》す。

「で、なにをしているの？」

「あ、うん。選挙活動用のポスターを作ってるの！」

「……へー」

「今凄《すご》く興味《きょうみ》ない顔したよねぇ！」

「興味ないもなにも……」

そもそも、この子……アカちゃんの生徒会長就任《しゅうにん》は、もう決まっているようなものなのだ。興味ないというより、選挙活動自体に「意味」が無い。

生徒会選挙は、四月の後半に行われる。つまり、二年・三年の生徒達はそれまでの学校生活で投票する人を選ぶのだけど……。

去年も私達は生徒会役員に選ばれているし、そうなると余計《よけい》に普段《ふだん》全校生徒の前に顔を出す機会も増《ふ》えるから、次の年の就任も決まったようなものだ。容姿《ようし》的にも行動的にも私達のように目立つ生徒はそうそういない。

自分やアカちゃんに自信があるのとも違《ちが》う。客観的に考えて、そう私は判断《はんだん》しているのだ。

それは、私ほどじゃなくても、アカちゃんもある程度《ていど》は分かっていると思ったのだけれど……。

アカちゃんは、「甘《あま》いなぁ、知弦」と少し偉《えら》そうに指を振《ふ》った。

「一年生は、入学してからすぐ投票するのよ。だから彼ら、彼女らにはプロモーションする意味があるの！」

「それは分かるけど」

確かに、入学してすぐ投票させられる一年生は、戸惑《とまど》ってしまう。だから、実際《じっさい》……公式に認《みと》められた活動ではないのだけれど、毎年、新聞部が「注目美少女特集号」という雑《ざっ》誌《し》を作り、配《くば》って回る。一年生は大体、そのまるで競馬新聞のような情報誌《じょうほうし》（顔写真あり）を見て、投票する傾向《けいこう》にあるのだ。

結局、一年生によっぽど目立つ子が多かったりしない限《かぎ》りは、前年も役員だった子は大体継続《けいぞく》。その他、滅多《めった》にいないけど、優良枠《ゆうりょうわく》は投票前に確定《かくてい》してしまう。今年は……そうそう、あの子……キー君が、ここまで上ってきたんだっけ。

私は少しだけ、微笑《ほほえ》む。

「？　どうしたの、知弦？」

「いえ、なんでもないわ。とにかく、アカちゃん。一年生にアピールするにしても、新聞部のあれがあるのだし、自分でやる意味は……」

とそこまで言って、「ああ、そういうことか」とようやく納得《なっとく》した。アカちゃんは、新新聞部を嫌《きら》っている。去年は自分の失敗談をかなり面白可笑《おもしろおか》しく特集されたため、すっかりむくれてしまったのだ。特に藤堂《とうどう》リリシアという部長とは、犬猿《けんえん》の仲と言っていい。

「なるほど。新聞部に任《まか》せるのがイヤなのね」

「そうよ！　あんな雑誌で判断されたくないから、私は、自分で自分のポスター作って、一年生の教室前廊下《ろうか》に貼《は》るの！」

「まあ、そういうことなら、好きにしたらいいんじゃないかしら」

そして、いつものように面白く空回《からまわ》りをしてくれたら、もっといいんじゃないかしら。

「うむ！　やるわよー！　知弦も手伝ってね！」

「……ええ」

しまった。巻《ま》き込まれた。……まあいいわ、面白く誘導《ゆうどう》しましょう。

「とりあえず今は、構図《こうず》を考えているの。見て」

そう言って、アカちゃんは模造紙をこちらに向けてくれる。……想像《そうぞう》以上に酷《ひど》いものを見てしまった。

「まず、この真ん中で物憂《ものう》げに佇《たたず》んでいるのが私！」

この、人体のバランスを無視《むし》した超存在《ちょうそんざい》が？

「バックは、爽《さわ》やかな青空！」

ああ、これ、雲なのね。ＵＦＯが地球に大群《たいぐん》で攻《せ》めてきてるのかと思ったわ。

「そして、横にはバーンと私の名言！」

丸文字で「私は新世界の神になる！」と書いてある。……志《こころざし》が高いこと。

「そして、上には所属党《しょぞくとう》！」

別に、わざわざ「無所属」と大きく書く必要はないんじゃないかしら。

「そして、下には定型文！」

いつから「私に精き一票を」は定型になったのだろう。精きって、なんだろう。

アカちゃんは、自信満々の表情で、私に確認《かくにん》をとってくる。

「どうっ⁉」

どうもなにも……。

「完璧《かんぺき》よ、アカちゃん。もう、何も言うことはないわ！」

私は親指をぐっと立てた。……こんなポスターを一年生教室前廊下にせっせと貼りだす
アカちゃん……面白すぎるわ！

アカちゃんは、うむうむと頷《うなず》く。

「あとは、写真撮影《さつえい》して、ちょちょっと編集《へんしゅう》すればいいだけね」

「アカちゃん、そんな専門《せんもん》的な作業出来るの？」

「知弦、知らないの？」

「？」

「えへん。私はよく、両親からは『やれば出来る子』と言われてきたの！　だから、専門知識《ちしき》なんてなくても、やってみれば、出来るはずよ！　なんせ私だもん！」

「…………」

アカちゃんは、ホント、どうしてこう奇跡《きせき》的な育ち方をしたのだろう。

私は……この子の面白さを目《め》一杯《いっぱい》引き出すために、話を合わせ、微笑んだ。

「ええ、アカちゃん！　貴女《あなた》はやれば出来る子よ！　やってみなさい」

「知弦！　うん、頑張《がんば》るよ、私！」

……なんとなく。この子に接《せっ》した人は、皆《みな》私みたいな心境《しんきょう》になった末に、こうやって対応《たいおう》するから、それが積み重なって、アカちゃんはアカちゃんになったのかもしれないと思った。……こういう天然記念物は、皆で保護《ほご》して、鑑賞《かんしょう》するべきよね。

「そうと決まれば、早速《さっそく》、パソコン室を占拠《せんきょ》よ！」

「流石《さすが》に占拠は勘弁《かんべん》してくれるかしら」

新学期早々、大事件《だいじけん》勃発《ぼっぱつ》するから。……それはそれで面白そうだけど。

「む、もう昼休みも残り少ないわね。じゃあ、作業は放課後にしましょう、知弦！」

「ああ、私も当然のように巻き込まれているわけね」

「二人で一緒《いっしょ》に、素晴《すば》らしいポスターを編集しようじゃない！」

「ええ、そうね」

アカちゃんの言う「素晴らしい」と、私達一般《いっぱん》の「素晴らしい」は激《はげ》しく別だと思うけど。そういうアドバイスをしてこの子を歪《ゆが》めないのが、私達人類の役割《やくわり》だと思う。

そう決めると、もうやることはないと判断《はんだん》したのか、アカちゃんは模造紙《もぞうし》をくるくる丸め始めた。

「うっふっふー。一年生の目は、釘付《くぎづ》けね！」

「ええ、勿論《もちろん》」

色んな意味で。

「これで、新生徒会会長の座《ざ》は獲得《かくとく》したも同然！」

「そうね」

こんな面白い子に投票しないわけがないものね。

「あ、でも、今年の一年生に凄《すご》く可愛《かわい》い子いたりするのかな？」

アカちゃんの疑問《ぎもん》に、私は、「そうね……」と記憶《きおく》のデータベースを検索《けんさく》する。

「……ああ、深夏《みなつ》の妹が入ってくるわね、確《たし》か」

「あ、そうかっ！　でも深夏の妹なら、『熱血だぜ！』という感じだろうから、大丈夫《だいじょうぶ》よね！」

「いえ、そうでもないみたいよ？　確か、男の子が苦手で、引っ込み思案《じあん》の子だって聞いた覚えがあるけど……」

　というか、生徒会室で喋《しゃべ》った時に、アカちゃんも聞いていたはずだけど。

　アカちゃんは「むむぅ」と考え込む。

「それは……また、新たなライバルの登場かもしれないわね」

「ええ。まだ会ったことないけど、深夏の妹なら、顔は間違《まちが》いなくいいでしょうし」

　深夏も、あの性格《せいかく》で見失いがちだけど、黙《だま》っていればかなりの美少女。一歳《さい》違いの妹、それも深夏より女の子っぽい性格ともなれば、それなりのスペックであることは予想がつく。……でもまあ、一年で急に生徒会長というのも、無いだろうけど。

　しかし、アカちゃんは真剣に悩《なや》んでいる。

「深夏の妹……要注意ね！」

「確か、真冬《まふゆ》……と言ったかしら」

「椎名《しいな》真冬……。あなたに神の座は渡《わた》さない！」

いえ、彼女はそんなもの全く狙《ねら》ってないと思うけど。今頃《いまごろ》真冬という子は、「へくちっ」とクシャミでもしているかもしれない。

「そうと決まれば、ポスター修正《しゅうせい》！」

アカちゃんはそう言うと、再《ふたた》び模造紙をくるくる回して広げる。そうして、何を書くかと思えば……。

「きゅっきゅ……っと」

「…………」

凄い。想像《そうぞう》以上に凄いポスターになってしまった。既《すで》にスペースはギュウギュウだというのに、更《さら》に推薦文《すいせんぶん》が書き込まれている。かなり問題ありのが。

《冬に負けないトロピカルな女！》

……流石にまずいわね、これは。アカちゃんが笑われるだけならまだしも、見ず知らずの真冬という子まで、若干巻《じゃっかんま》き込んでしまっているフシがあるわ。

……やれやれ。仕方ないわね。今回もいつものように、優《やさ》しくまともな方向に誘導《ゆうどう》して、それなりに見られるポスターにしてあげましょうか。まったく。

「うっふっふー！　選挙が楽しみだわ！」

「ええ……本当に」

私は不敵《ふてき》に微笑《ほほえ》むアカちゃんを眺《なが》め、それから、ふと、窓《まど》の外、空を眺める。

「今年も……気苦労が絶《た》えない年になりそうね」

私は深く嘆息《たんそく》しつつも、顔には微笑《びしょう》を湛《たた》えながら、そんなことを呟《つぶや》くのだった。

【会長の宣言《せんげん》】

み、皆《みな》さん、御機嫌《ごきげん》よう。この度《たび》、生徒会長に就任《しゅうにん》させていただきました、さくりゃの……。……こほん。……さくりゃ……。…………。さく……。さくり……。……の、くりむです。

生徒達（ごまかした！）

えと。その……。…………。……ごそごそ。

生徒達（就任早々、堂々とカンニングペーパーだ！）

そうそう、公約、公約。ええと、なになに……まずは、この学校をよりよくしていくため、尽力《じんりょく》することを誓《ちか》います……。……よし！

まずはっ、この学校をよりよくしていくため、尽力することを誓いましゅ！

生徒達（二回聞かされた！　本番噛《か》んだし！）

私が会長になったからには、世界で一番素晴《すば》らしい高校になると思います！

生徒達（無駄《むだ》に大きく出た！）

皆さんは、恐《おそ》らく、この時代、この指導者《しどうしゃ》の下《もと》、この学校にいられたことを、神に感謝《かんしゃ》することでしょう。私に任《まか》せれば、万事《ばんじ》うまくいきまひゅ！

生徒達（説得力皆無《かいむ》！）

具体的な活動としては……まず、税金《ぜいきん》を徴収《ちょうしゅう》します！

生徒達（暴君《ぼうくん》だぁ――――――！）

え？　なんですか先生？……あ、ダメなんですか……。でもでも……。………。

……あぅ。……ごめんなさいです。

生徒達（怒《おこ》られてる！　就任早々、怒られてる！）

……すいません、皆さん。私、調子にのってました。………はぁ。

生徒達（著《いちじる》しくテンション下がった！）

………。……くすん。

生徒達（泣いたぁー！　ま、まずい！　皆で盛《も》り上げろー！）

み、皆《みんな》……。くすん。そんなに拍手《はくしゅ》くれるなんて……。そっか……。先生はダメと言っても、皆は……皆は、税金制度《せいど》に賛成《さんせい》なんだね！

生徒達（曲解《きょっかい》された！）

でも、ごめんね。皆が応援《おうえん》してくれた税金制度だけど、ちょっと難《むずか》しいみたい……。今後のことも考えて、この公約だけは、いきなりだけど、破棄《はき》させてもらいます。

代わりと言ってはなんですが……。

私は任期《にんき》中に、かならずや、この学校の敷地《しきち》面積を七十五倍にしてみせます！

生徒達（なんのために！）

大きーい学校って、ワクワクするもんね！　マンモス学校とか、学園都市とかの言葉には、皆もとてもロマンを感じると思うの！　私は凄《すご》く好き！

生徒達（本人小さいからかなぁ……）

だから、今年中に学校を拡大《かくだい》──。……え？　先生、どうしたんですか？

生徒達（また怒られてるよ……）

……うぎゅ。で、でも……こ、これだけは譲《ゆず》れません！

生徒達（譲らなかった！）

私は、このために会長職《しょく》を受け容《い》れたと言っても、過言《かごん》じゃないんです！

生徒達（過言であって欲《ほ》しかった！）

お、大人は私達のことなんて何も分かってないのよ！　ねえ、皆！

生徒達（凄《すご》く青臭《あおくさ》い同意を求められた！）

ほら、皆の目を見て！　この、少年少女達の絶望《ぜつぼう》に染《そ》まった目を！

生徒達（主《おも》に新生徒会長への絶望です）
　貴方《あなた》達教師《きようし》は、生徒にこんな目をさせて、恥《は》ずかしくないのでしゅかっ！
生徒達（貴女《あなた》も色々恥ずかしくないのでしょうか）
ふ……。そう。あくまで学園拡大を阻止《そし》しようというのね……。いいわ。わかったわ。
こうなったら、全校生徒対教師陣《じん》の全面戦争よ！
生徒達（勝手に戦争始められた！　しかも会長陣営《じんえい》！）
皆！　心配しないで！　必ずや……必ずや私が学園を、広くしてみせるから！
生徒達（別にいいです！）
あれ？　先生、額《ひたい》を押《お》さえてどうしたんですか？　え？　キミを扱《あつか》うのは自分には無理？　もう好きにしてくれ？……や、やったわ皆《みんな》！　勝ったわ！

生徒達（まさかの勝利――――――――――――――――――!?）

　というわけで、明日から早速《さっそく》着工……。あれ？　ど、どうしたの、知弦。今は私の所信表明――あいてっ！　な、なんで叩《たた》くのよぅ～。う、うぅ？…………はい。…………はい……そうですね……。……その通りです……。

……あぅ。ご、ごめんなさい。

生徒達（会長を書記が抑《おさ》えた！　会長弱っ！）

……うぅ。……皆《みな》さん、ごめんなさいでした。しゅん……。学園拡大の野望は、潰《つい》えてしまいました……。

生徒達（片《かた》っ端《ぱし》から公約が破棄されていく……）

…………。…………。

生徒達（黙《だま》っちゃった……。どうしよう……）

……？　えと……キミは、あ、顔合わせの時に生徒会全員に告白した副会長の杉崎《すぎさき》！な、なによ！　今は、私の挨拶《あいさつ》の番だって……。え？　う、うん……えと……うん。そ、そんなんでいいの？　でも……あいてっ！　な、なんでデコピンするの～。うぅ？　とにかく言う通りにしなさいって……なによ、偉《えら》そうに……。あいたっ！　わ、わかったわよう……。

生徒達（な、なんか変な副会長出てきて、そして去っていったよ……）

えと……なんか副会長が無理しないで素直《すなお》な気持ちを言えばいいんですとか偉そうなこと言うから……シャクだけど、その通りにするね。

生徒達（なんだかんだ言って、人のアドバイスはちゃんと聞くんだな……）

あの……ね。いきなり公約が二つもダメになっちゃったけど……。そんな私でも、これだけは、言えるよ。

私、がんばる。いっぱい、がんばる。つまずいても、やりきるから。

生徒達（………）

ご、ごめんね、なんかありきたりな言葉で……。うぅ。

で、でも、本気だから！　私は、会長、ちゃんとやるから！　さっきみたいに迷惑《めいわく》かけちゃうことも、あるかもしれないけど！

でも、走りきるから！　諦《あきら》めないから！　それだけは、《絶対《ぜったい》》だから！

だから……お、応援《おうえん》してくれたら、嬉《うれ》しい……な。

……はぅ。照れるぅ。

生徒達（か……）

？　ど、どうしたの皆？　お、おなかでも、痛《いた》いの？

生徒達（可愛《かわえ》ぇええええええええええええええええええええええ！）

？？？　ど、どうしたの急に拍手《はくしゅ》して！　な、なに！　なんなの？

よ、よく分からないけど、なんか怖《こわ》いから、挨拶終わり！

って、わひゃあっ⁉　ど、どうして胴上《どうあ》げ⁉

生徒達（か・い・ちょ！　か・い・ちょ！　か・い・ちょ！）

た、助けてぇ――――――――！

――以上、新生徒会長桜野《さくらの》くりむさんの挨拶でした。

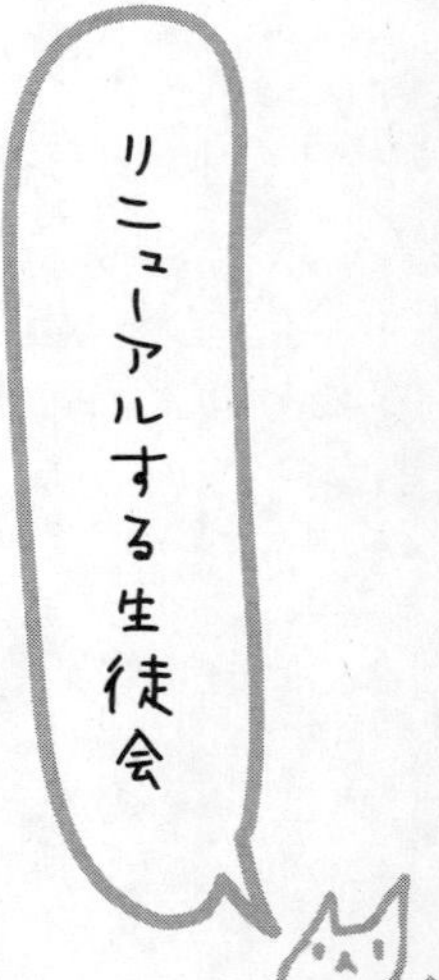

「ドラゴンマガジンが侵食され始めた頃の話だな」by 深夏

【リニューアルする生徒会】

「常《つね》に進化していくことこそが、人間の力なのよ！」

会長がいつものように小さな胸《むね》を張《は》ってなにかの本の受け売りを偉《えら》そうに語っていた。

そして、もう一言。

「そんなわけで、リニューアル版《ばん》のドラマガにも進出よ！」

『…………』

全員、沈黙《ちんもく》。参謀《さんぼう》的役割《やくわり》の大人の女性《じょせい》である知弦《ちづる》さんも、男口調と熱血性格《せいかく》の深夏《みなつ》も、うさぎみたいに可愛《かわい》らしい真冬《まふゆ》ちゃんも、そして、この美少女メンバーを全員攻略《こうりゃく》してやろうと企《たくら》む俺《おれ》、杉崎鍵《すぎさきけん》も。完全に、沈黙。

その空気に、三年のくせにお子様な容姿《ようし》＆精神《せいしん》の会長、桜野《さくらの》くりむが「えと……」と戸《と》惑《まど》っている。

「あの～……。皆《みな》さん？」

『…………』

「なんか……怒《おこ》ってる？」

その質問《しつもん》に、代表して俺が、嘆息混《たんそくま》じりに答える。

「ここ最近……俺達、本の方に時間かけすぎじゃないですか？」

「う……。で、でも、折角依頼《せっかくいらい》来てるんだしっ！」

「いや、富士見書房《ふじみしょぼう》さんには滅茶苦茶感謝《めちゃくちゃかんしゃ》してますけどね。会長の、その、なんでもかんでも仕事を受ける姿勢《しせい》には、一抹《いちまつ》の不安を――」

「目指《めざ》せっ、映画《えいが》化っ！」

「話、聞いてます⁉」

そこで、遂《つい》に生徒会役員は全員で溜息《ためいき》をつき、諦《あきら》めた。……もういいや。なるようになれってんだ。

知弦さんが、「仕方ないわね」と仕切りなおす。

「まあ、乗りかかった船よ。やるとなれば、ちゃんとやりましょう」

『は〜い』

俺と椎名《しいな》姉妹《しまい》の返事。会長は一人、「なんで知弦の言うことは聞くの⁉　会長は私だよ！　最高権力者は私っ！」とごねていた。無視《むし》。

知弦さんが淡々《たんたん》と会議を進行する。

「そんなわけで、今回のテーマは『リニューアル』よ」

「ちなみに、ドラゴンマガジンさんはどうリニューアルするんですか？　真冬は、それがちょっと気になります」

真冬ちゃんの質問に、知弦さんが何かの資料《しりょう》をパラパラめくりながら、「そうね……」と答える。

「まず、サイズが変わるみたいね。今までのA4サイズから、B5になるらしいわ」

「ああ、それはちょっといいかもですね。真冬なんかは、小説に関しては、コンパクトな方が読みやすくて好きですよ」

「そうね。あとは……隔月化《かくげつか》、ですって。今までは毎月月末発売だったのが、奇数《きすう》月の二十日発売に変更《へんこう》になるらしいわよ」

その情報《じょうほう》に、今度は深夏が反応《はんのう》する。

「じゃあ、あたし達の入り込《こ》む隙《すき》がなくなってくんな」

「いえ、そうでもないわよ。リニューアルに伴《ともな》い、増《ぞう》ページとか、小説枠《わく》のボリュームが増《ふ》えたりもするみたいだから」

「へー。んじゃ、『碧陽《へきよう》学園生徒会議事録番外長編《ちょうへん》～魔《ま》王討伐《おうとうばつ》編～』とかもやれるわけかっ！」

「いえ、それは出来ないと思うけど。というか、生徒会で魔王討伐する予定ないし」

「英雄誕生編もダメか？」

「なぜそれが通ると思っているのよ。……とにかく、まあ、大きな変革《へんかく》はそのあたりね」

知弦さんの説明を聞き終わり、俺は「ふむ」と腕《うで》を組む。

「それは確《たし》かに、思い切った変革ですね。まさしくリニューアルだ。でも……個人《こじん》的には惜《お》しいですね」

「何が？」

俺の言葉に、会長がキョトンと反応《はんのう》する。俺は、嘆息しながら返した。

「どうせリニューアルするなら、十八禁《きん》の領域《りょういき》に踏《ふ》み込んで欲《ほ》しかった……」

「それはもうリニューアルっていうレベルじゃないよ！」

「そうしたら、生徒会シリーズもピンクな話になったというのに……。新章『夜の生徒会』シリーズが始まることになったのに……」

「ならないよ！　事実を基《もと》にしているんだから！」

「現実《げんじつ》ごと、ピンクになりますよ」

「なにその呪《のろ》い！　十八禁版ドラマガ怖《こわ》っ！」

会長は呆《あき》れたように額《ひたい》に手をやり、「とーにーかーくっ」と仕切る。

「ドラゴンマガジンのリニューアルに倣《なら》って、今日はうちの生徒会、ひいては学校もリニューアルとかしてみたいと思うの！」

「……具体的には？」

「それを今から皆《みな》で考えよー！」

やはり思いつきだけだった。全員そう思っていたので、特に今更指摘《いまさらしてき》したりもしないが。

知弦さんが嘆息混《ま》じりに「それで」と会長に先を促《うなが》す。

「アカちゃん的には、何かあるの？　リニューアル案」

「よくぞ聞いてくれました」

会長は「ふふん」と胸《むね》を張《は》り、そして、自信満々に告げる。

「今日からこの学校は、生徒会長による絶対王政《ぜったいおうせい》を導入《どうにゅう》してみたらどうかしら！」

「さて、深夏はなにかアイデアある？」

「ちょ、ちょっと！　自然に流さないでよ、知弦！」

「……それが通ると思っているの？　アカちゃん」

知弦さんの冷たい視線に、会長は「う」と一瞬《いっしゅん》引き下がりかけるが、しかし、今回はそれでも踏ん張った。

「ほら、いいと思うのよ、絶対王政！　この生徒会だって、基本《きほん》的には『会議』に多くの時間と労力を割《さ》かれているじゃない？　それが、絶対王政になればアラ不思議、全《すべ》ての方針《ほうしん》は私がパパッと決めちゃうため、様々なことが効率《こうりつ》的に！」

「……はぁ」

知弦さんがすっかり呆れている。気力を根こそぎ奪《うば》われた様子のため、彼女の代わりに俺が会長の相手をすることにした。

「それは、予算とかも会長が全部振《ふ》り分けるんですよね？」

「当然ね」

「そうなったら、どんな感じに予算分けする予定ですか？」

「そうね……」

会長は少し考え、そして、前言どおりパパッと答えた。

「まず、私のガードマンやマネージャーを雇《やと》うのに予算を……」

「初《しょ》っ端《ぱな》から無駄遣《むだづか》いじゃないですかっ！」

「何を言うの！　王よ、王！　王ともなれば護衛体制《ごえいたいせい》やスケジューリングには専門家《せんもんか》が必要だと思うわ！　専属《せんぞく》シェフとかも欲しいわね」

「だから、無駄も甚《はなは》だしいですって！」

「食事に毒入れられたりしたら困《こま》るじゃない。専属シェフは必要だわ。他にも……スタイリストさんとか、メイクさんとか、運転手とか……」

「もうただの芸能人《げいのうじん》じゃないですかっ！」

「やっぱり王は、人の畏敬《いけい》の対象じゃないとね。そのためには……そうね。予算の五割《わり》は、まず、私を潤《うるお》すために使われるべきよね」

「もう既《すで》に財政破綻《ざいせいはたん》してるでしょう、それ！」

「残り五割は、愚民《ぐみん》どもで分ければいいじゃない」

「どんどん悪王になってますよ！」

「パンがなければ、菓子《かし》を食べればいいのよ」

「あんた誰《だれ》の人生をなぞる気ですかっ！」

「うん、これで、うちの学校は末永《すえなが》く平和になるわね」

「反乱《はんらん》の起こる様がありありと想像《そうぞう》出来ますよ！」

荒《あ》れること間違《まちが》いなしの、ある意味凄《すご》い変革《へんかく》だった。確《たし》かにリニューアル度合いは高いが……。

そこまで提案《ていあん》して満足したのか、会長は椅子《いす》にふんぞり返る。既に王様気分のようだ。

完全に脱力《だつりょく》しながらも、俺は、他のメンバーに話を振ることにした。

「じゃあ……深夏は、なにか『こうしたい』っていうリニューアル案あるか？」

「ん、そうだなぁ……」

深夏は腕を組んで熟考《じゅっこう》する。そうして、「そうだっ」と、手をぽんと叩《たた》いた。

「この学校の全ての揉《も》め事は、公正なる勝負で決するようにしよう」

「それなんてリアルバウトハイスクール⁉」

「これはかなりいいと思うんだよな～。あたしの場合は、武術《ぶじゅつ》対決がいいな」

「ここの生徒は全員一般人《いっぱんじん》なんだから、変なルール持ち込むなっ！」

「あと、生徒会長とかは、来年から武闘《ぶとう》大会で決するべきじゃねえかな」

「べきじゃねえよ！」

「強さこそが正義《せいぎ》だろ」

「それは往々《おうおう》にして悪役の理論《りろん》だと思うぞ！」

「愛や友情《ゆうじょう》こそ全てなんて生温《なまぬる》い幻想《げんそう》を、我《われ》が打ち砕《くだ》いてくれるわ……くくく」

「だから、なんでリニューアルアイデアを提案するヤツは確実《かくじつ》に悪に染《そ》まるんだよ！」

会長と同等かそれ以上に酷《ひど》かった。深夏、普段《ふだん》は正義を愛する女なのに……。恐《おそ》るべし、リニューアルの魔力《まりょく》！

正直《しょうじき》このあたりでもう、メンバーに意見を求めるとろくなことにならない気はしてきていたが、流れ上スルーするわけにもいかないので、残りの二人にも事務《じむ》的に訊《たず》ねる。

「真冬ちゃんは……なにかある？」

「はいっ！」

ほうら、来た。真冬ちゃん、目が爛々《らんらん》と輝《かがや》いているよ。暴走《ぼうそう》する空気がびんびん伝わってきているよ。……しかしハーレムの主としては、それでも、公平に訊ねなければいけない。

「それは、どういう……」

「異性《いせい》間の恋愛禁止《きんし》です！　しかし、同性間の恋愛は生徒会が全力で奨励《しょうれい》します！」

「イヤな学校っ！」

震《ふる》えるほどアブノーマルな高校だった。

真冬ちゃんは、テンション高く続ける。

「全国のBL好き、百合《ゆり》好きの聖地《せいち》になれますよっ！」

「なりたいと思ったこと一度もねぇよ！」

「特待生制度《とくたいせいせいど》も設《もう》けます！」

「なんの⁉」

「女子生徒は『姉』『妹』、男子生徒は『兄』『弟』の契《ちぎ》りを交《か》わしたパートナーを作ることを、校則《こうそく》とします！」

「なんの目的で⁉」

「……勉強が捗《はかど》ります」

「嘘《うそ》つけっ！　目が泳いでるじゃないかっ！」

「ゆ、友情が、育《はぐく》まれます」

「健全じゃない友情がねぇ！」

「む。それは失言ですよ、先輩《せんぱい》。世の中には、とても綺麗《きれい》なBLや百合がでですね……」

「BLとか百合とかの概念《がいねん》が出てきた時点で、既に友情とは言い難《がた》いだろう！」

「直接《ちょくせつ》的な行動にさえ出なければ、ギリギリセーフなはずです」

「ギリギリセーフな生徒ばかりいる学校なんてイヤだぁああっ」

「周囲がそういう環境《かんきょう》になれば、杉崎先輩も、きっと覚醒《かくせい》できますよ！　種が割《わ》れて！」

「そんな覚醒するぐらいなら眠《ねむ》ったままの方がいいわっ！」

「一緒に楽園を作りましょう！」

「そこを楽園と感じるようになったら、なんかおしまいな気がするよっ！」

真冬ちゃんは、依然《いぜん》として目をキラキラさせている。……酷《ひど》い。思っていた以上に酷かった、真冬ちゃんのリニューアル案。悪の道っていうか……人の道を若干《じゃっかん》踏《ふ》み外していた。

いや、別に同性愛否定《ひてい》じゃねえけど、奨励した高校はおかしいだろ、確実に。

さて。アイデアを言ってないのは、あとは知弦さんだけだが……。

「……ふふ」

「うっ」

目が暗く輝《かがや》いていた。いけない。あれは、暴走する準備万端《じゅんびばんたん》だ。会長の暴走で神経《しんけい》をすり減《へ》らした分、ここで解消《かいしょう》してやろうという魂胆《こんたん》が凄《すご》く見える。

しかし……ここまで来て、訊ねないわけにもいかない。俺《おれ》は覚悟《かくご》を決め、恐る恐る、口を開いた。

「ちづ――」

「私のリニューアル案はね、キー君」

「ターン回るの早ぇ！」

「絶対王政《ぜったいおうせい》なんて生温《なまぬる》いこと言わないで、恐怖《きょうふ》政治にまで踏み出すべきだと思うわ」

「知弦さんが完全に壊《こわ》れたっ！」

「テストで赤点をとったら、文字通り『赤く』なって貰《もら》うわ」

「既《すで》に怖《こえ》ぇえええええええええええええ！」

「校則違反者《いはんしゃ》には、二度と違反出来ないほどのトラウマを」

「やめてぇえええええ！」

「生徒会に楯突《たてつ》いたりなんかした場合は……翌日机《よくじつつくえ》に花瓶《かびん》が置かれることになるわね」

「ただのいじめとか悪ふざけの意味じゃなさそうですよねぇ、それ！」

「外部に助けを求めたりした場合は……。……家族や友人が……ね？」

「『ね？』ってなんですかっ！　なんなんですかぁ！」

もう俺は涙目《なみだめ》だ。しかし、知弦さんは、恐ろしいことにもう一押《ひとお》ししてきた。

「そして、クーデターを企《たくら》んだりした暁《あかつき》には……」

「暁に……は？」

俺だけじゃなく、生徒会役員全員が、ごくりと生唾《なまつば》を呑《の》み込《こ》む。一拍《いっぱく》置いて、知弦さんは……微笑《ほほえ》んだ。

「当然――――――――――よ♪」

『いやああああああああああああああああああああああ！』

皆《みな》で、しばし、恐怖に泣きました。

数分後。

「ま、まだ心臓《しんぞう》がバクバクいってるわ……」

会長が真っ青な顔ながら、ようやくそれなりに平常《へいじょう》な精神状態《せいしんじょうたい》にまで回帰する。俺や椎名姉妹《しまい》も、目尻《めじり》に涙を残しながらも、なんとか正気を取り戻《もど》していた。

知弦さんは一人なぜか上機嫌《じょうきげん》そうに髪《かみ》の毛を弄《もてあそ》んでいる。……悪魔《あくま》だ……悪魔がここにいる……。

とはいえ、これでようやく全員の意見を聞き終わった。

俺がホッと椅子《いす》に背《せ》を預《あず》けていると、知弦さんが「ところで」と訊《たず》ねてきた。

「キー君は、リニューアル案無いの？」

「へ？」

「いえ、罪滅《つみほろ》ぼしというわけでもないけど。まあ、私達だけ好き勝手やらせてもらっちゃったしね」

知弦さんがそう言うと、会長が「ふざけた案が来るのは分かりきっているけど……仕方ないわね」と、俺を見ていた。

俺は……ニヤリと、微笑む。

「ふふ……本当に……いいんですね？　俺の、アイデアを言って」

「……どういうこと言うかびっくりするほど予想つくけど、許可《きょか》するわ」

メンバー達は苦虫を噛《か》み潰《つぶ》したような表情《ひょうじょう》をしていたが、自分達が暴走しまくったことを鑑《かんが》みると、何も文句《もんく》は言えないらしい。

そんなわけで……。

俺はここぞとばかりに、妄想《もうそう》を爆発《ばくはつ》させて貰うことにした。

＊

杉崎鍵プレゼンツ・リニューアルした俺の学園ラブコメ①

おっす、俺、杉崎鍵！　健全な高校二年生の青年さっ！

俺のリニューアルした学園生活は、毎朝美少女が起こしに来ることから始まるんだっ！

「こぉら、起きろ、鍵！」

「うわぁ☆　やめろよぉ☆」

おっと、紹介《しょうかい》が遅《おく》れたなっ！　こいつは、椎名深夏！　俺のクラスメイトさ！　男口調でサバサバした性格《せいかく》だけど、俺にだけは女らしい一面も見せるんだぜ！

「深夏……今日も可愛《かわい》いな」

「な……なに言ってんだよ……。照れるじゃねえかよ……」

深夏は真っ赤になりながら、俺から顔を逸《そ》らす。可愛い子猫《こねこ》ちゃんめっ♪

深夏と朝のラブラブタイムを過《す》ごした俺は、制服《せいふく》に着替《きが》える。その間にも、部屋はいい匂《にお》いで満たされるんだ。そう……後輩《こうはい》であり深夏の妹である、椎名真冬ちゃんの作ってくれた朝食の匂いでねっ！

「先輩、おはようございます」

「おはよ、真冬ちゃん！　今日も可愛いねっ♪」

「ま、真冬、照れちゃいますよ……」

照れる真冬ちゃん。そして、嫉妬《しっと》して頬《ほお》を膨《ふく》らます深夏。愛《う》いやつめっ。

「せ、先輩っ、真冬の作った朝食、食べてみて下さいっ」

「うん。いただきまーす！」

もぐもぐ、ごっくん。

「おいし――――！」

「う、嬉《うれ》しいです」

「でも、それ以上に、真冬ちゃん……君自身の方が、僕《ぼく》は、食べちゃいたいよ」

「え……。……はい。真冬で……よければ……」

俺と真冬ちゃんの間に、いい空気が立ちこめる。しかし、深夏がそれを許《ゆる》さなかった。

「ほ、ほら、早く学校行くぞっ！」

「あぁっ、待ってよお姉ちゃーん！」

「こぉら深夏っ！　まったく……可愛いやつだ！」

こうして、俺の一日は始まるのだ。

＊

「……素晴《すば》らしいなぁ、リニューアル」

俺は妄想《もうそう》を饒舌《じょうぜつ》に、そして夢見《ゆめみ》心地《ごこち》で語る。しかし、ふと周囲を見渡《みわた》してみると……。

「……すまん、鍵。ちょっと、保健室《ほけんしつ》に行ってきていいか？」

「真冬も……ちょっと、気分がすぐれません」

椎名姉妹《しまい》が、なにか船酔《ふなよ》いでもしたような表情になっていた。？　どうしたんだろう。

「おいおい、どうした、二人とも。面白《おもしろ》いのはここからだぞ？」

「ほ、本番はここからなのかっ！」

「おう。登校風景編《へん》の俺と椎名姉妹のラブラブっぷりや、俺が登校中に会う女生徒皆《みんな》にラブレターを渡されて困《こま》ったり、それを見て椎名姉妹が嫉妬の炎《ほのお》を燃《も》やす様は、ラブコメとして三ツ星だっ！」

「ラブコメとしては三ツ星でも……真冬の舌《した》には、激《はげ》しく合わない予感がします」

「なんだいなんだい、二人とも。もう、満腹《まんぷく》か？　まあ、俺みたいな素敵《すてき》男子との恋愛模《れんあいも》様《よう》は、ちょっと想像《そうぞう》しただけでもう幸福感で一杯《いっぱい》になってしまうんだろうなぁ」

俺の言葉に、二人はなぜかげんなりとし、そして、深夏が弱々しい表情で、懇願《こんがん》するように言ってきた。

「もうその解釈《かいしゃく》でいいから……とにかく、あたしと真冬のシーンはやめてくれ……」

「欲《よく》が無いなぁ、二人とも。しょうがない。じゃあ、今度は会長と知弦さんの出演《しゅつえん》を含《ふく》めた、俺のリニューアルライフを紹介《しょうかい》してやろう」

『うぐ』

なぜか今度は、会長と知弦さんが胸《むね》やけを起こしたような顔をしていた。

が、そんなことは気にしない。

俺は、早速、素晴らしいリニューアルデイズを妄想し始めた。

＊

杉崎鍵プレゼンツ・リニューアルした俺の学園ラブコメ②

おっす、俺、杉崎鍵！　ちょっとモテて絶世《ぜっせい》の美青年なだけの、どこにでもいる普通《ふつう》の青年さっ！

登校して、色々な女の子とラブラブしつつ午前中を過ごすと、いよいよ昼休みだ。

昼休みになると、俺は、「二人」との待ち合わせの場所……屋上へと向かう。そこでは……。

「キー君、遅《おそ》いわよ。私……寂《さび》しかったわ」

「杉崎っ！　会いたかったよぉ！」

大人な女性《じょせい》である知弦さんと、子供《こども》っぽいながらも俺に純粋《じゅんすい》に好意を寄《よ》せる会長が、切《せつ》なげに俺を待っているのだっ！

「ごめんごめん。他の女の子に捕《つか》まっちゃってね☆」

「むー！」

会長がぷくっと頬《ほお》を膨《ふく》らませる。相変わらず可愛《かわい》い少女だぜっ！

俺は二人の傍《そば》までいくと、腰《こし》を下ろす。俺達は毎日ここで待ち合わせをして、昼飯を食べているのだ。勿論《もちろん》、弁当《べんとう》は二人の手作りさっ！

「キー君、はい、卵焼《たまごや》き」

「杉崎、私のハンバーグも食べてっ」

「おいおい、そんなに焦《あせ》るなよぅ」

俺は二人のお手製《てせい》の弁当を交互《こうご》につまむ。二人は、俺がおいしいと言う度《たび》に、恋《こい》する女の瞳《ひとみ》で幸せそうに微笑《ほほえ》むのだった。

弁当を食べ終わると、三人で、昼休みの終わりまで雑談《ざつだん》を続ける。内容《ないよう》は様々だが……まあ要約すれば、二人が俺を好きで好きでたまらないという感じの話だな、うん。

昼休みの終了《しゅうりょう》を告げるチャイムがなると、途端《とたん》、二人は寂しそうな顔になる。

たまご♡
はんばあぐ♡

「キー君……私、離《はな》れたくないわ」

「杉崎……私も、もっと一緒《いっしょ》に居《い》たいよう」

「まあまあ、二人とも。俺には……他にも待ってくれている女の子達がいるのさ」

『ああん』

身をくねらせる二人。俺の魅力《みりょく》にメロメロなようだ。

こうして、罪《つみ》な男である俺は、二人の女を泣かせてしまいつつも、昼休みの屋上を後にするのだった……。

＊

「素晴らしきかな、リニューアル！」

俺はぐっと拳《こぶし》を掲《かか》げる。そして、ふと、再《ふたた》び生徒会室を見渡すと……。

「あ、あれ？」

なぜか、メンバー達が軒並《のきな》み机《つくえ》に突《つ》っ伏《ぷ》していた。まるで、毒ガスでも吸引《きゅういん》したかのようだ。

「ど、どうした？　皆？」

「……キー君……」

知弦さんが、生気の失《う》せた顔でこちらを見る。

「私達のリニューアルは、皆、あくまで想像《そうぞう》と割《わ》り切っていたけど……。キー君のそれって……なんか……」

「よくぞ気付きましたっ！　これは、将来の俺《おれ》達ですよ！　未来予想図です！」

「……本気で、そう思ってるの？」

知弦さんが、珍《めずら》しく、何かに怯《おび》えるような表情《ひょうじょう》をしている。

俺は、少しだけ考えて、ふるふると首を横に振《ふ》った。

「いえ、本当は、少し違《ちが》います。この未来は、あくまで仮初《かりそめ》です」

「あ、ああ、そう。それが分かっているなら、まだ救いは——」

「本来なら、もうちょっと口にするのには憚《はばか》られる場面もある予定です。朝のパートでは、俺と椎名姉妹《しまい》の、三人でのあんなことやこんなこととか。昼休みの屋上でも、会長と知弦さんと三人での、あんなことやこんなことがあるのが、自然な流れですよねっ！」

「………………」

「そんなわけで、期待して下さい、知弦さんっ！　本当の未来は、もっとバラ色ですよ！

ビバ、リニューアル！」

「………（ガクリ）」

「あ、あれ？」

なぜか、知弦さんが倒《たお》れてしまった。再《さい》KOだ。まるで、彼女だけ追加で毒ガスどころか劇薬注射《げきやくちゅうしゃ》されたみたいな、ダメージの受け方だった。

傍《かたわ》らを見ると、会長までぷるぷる震《ふる》えている。彼女の場合は、最早《もはや》、死の間際《まぎわ》の痙攣《けいれん》を思わせる動きだった。

「会長？どうしたんです？　俺のあまりに素晴《すば》らしいリニューアル構想《こうそう》に、感動してしまいましたか？」

俺の問いかけに……会長は、最後の力を振《ふ》り絞《しぼ》るように、俺を睨《にら》みつけた。

「そ、そんなリニューアルが為《な》されるぐらいだったら……私は、知弦の恐怖政治《きょうふせいじ》を選ぶわ……」

「またまたぁ。会長は、ツンだなぁ」

「…………げふっ」

「吐血《とけつ》!?」

と思ったが、会長が握《にぎ》っていた赤ペンが顔の横で軽く壊《こわ》れて、ペン先からインクが飛び出してしまっただけだった。

しかし、会長はそれこそ血を吐《は》いたかのように、パタリと倒れる。

そんなわけで。

なぜか生徒会は、完全に機能《きのう》不全に陥《おちい》ってしまった。少女達が、全員、臥《ふ》してしまっている。

「……おかしいなぁ。皆元気になるアイデアだと思ったんだが……」

『………』

「まあ、ちょっと刺激《しげき》が強すぎたかもな。皆、純情《じゅんじょう》だから」

『………』

なんとなく、メンバー達が無言ながら何か否定《ひてい》的なオーラを発した気がしたが……まあ、気のせいだろう。

しかし、困《こま》ったな。俺のはいいとして、結局、リニューアルに関する会議が進んでいない。今回の会議の模様《もよう》をドラマガに寄稿《きこう》するとしても、これじゃあ、あまりに結論《けつろん》が無さすぎる。

仕方ないので、俺は、知弦さんの前にあった、ドラマガのリニューアルについての資料《しりょう》をパラパラとめくってみた。

「……ふぅん。なるほどねぇ」

そうして、気付いたこと、一つ。

やべぇ。なんか俺達、根本的に間違《まち》ってね？

今更《いまさら》だが、激《はげ》しくそう思った。リニューアルって……本質《ほんしつ》変えちまうことじゃなくね？ドラゴンマガジンなんかは、サイズやボリュームみたいなのは変化しても、大事な核《かく》みたいなのは一切《いっさい》ぶれてねぇ。だけど俺達のリニューアル案って、学園を根本から覆《くつがえ》してる気がする。いや、俺のはただの夢《ゆめ》だけど。

「う、ううむ……。しかし、そう考えると、リニューアルって難《むずか》しいな」

屍《しかばね》だらけの生徒会室で、一人、頭を抱《かか》える。

こりゃあまずいぞ……。なんせ、俺達の会議、丸々無意味っぽい。元々そんなに中身の無い話ばっかりな俺達だが、今日の無意味っぷりはハンパねぇ。

これはいかん。生存者《せいぞんしゃ》が俺しか居《い》ない今、今回は、俺が「良い話」に纏《まと》めなくちゃいけない。

……………うむ。よし。

ここは、なんか、それっぽい教訓めいたことでも言いまくって、今回の話の締《し》めとしようではないか。

では、いくぞっ！

今回の教訓！

「リニューアル……それは、自分という殻《から》を破《やぶ》る、尊《とうと》い成長なのである」

「リニューアル……それは、哺乳類《ほにゅうるい》である我々《われわれ》が唯一可能《ゆいいつかのう》な、脱皮《だっぴ》である」

なんか違うな……。よし、ちょっと視点を変えよう。

「ドラゴンマガジン、リニューアル。……ふむ、確《たし》かに、ドラゴンは爬虫類《はちゅうるい》っぽい！つまり脱皮する！そうかっ！ドラゴンは、今、脱皮したのだっ！」

いや、これこそなんか違うだろ、かなり間違えただろう、方向。

軌道修正《きどうしゅうせい》。

「リニューアル……それは再生《さいせい》。そう、ドラゴンマガジンに倣《なら》い、我々人類は今こそ、リニューアルすべきなのであーる!」

妙《みょう》に壮大《そうだい》になってしまった。杉崎教の教祖《きょうそ》になった気分だ。違う違う。

もっと小規模《しょうきぼ》でいいんだ、小規模で。

「リニューアルしたところで……どうせ芯《しん》が腐《くさ》ってる俺なんか……」

ネガティブになってしまった。そういうことじゃない。教祖ではなくなったが、同時に、人間として大事なものまで失った感がある。

そもそも、今回の生徒会の活動を無にしないような結論がいいんじゃねえか?

「そう。こうして無駄《むだ》とも思える夢を描《えが》くことこそ、素晴《すば》らしいリニューアルへの、第一歩なのである」

おお、なんかそれっぽい! これで締めれば、今回の会議内容《ないよう》は無駄じゃなかったって気がするなっ！　ただしかし、「一歩さえ踏《ふ》み出せてねぇだろ」という気がしないでもない。ここは、もう少し控《ひか》えめに……ぶつぶつ。


そんなこんなで、数分後。

ようやく気力を取り戻《もど》した生徒会役員達が、次々と起き上がる。

そんな状況《じょうきょう》の中、一人ぶつぶつと熟考《じゅっこう》する俺。それに気付いた会長が、「杉崎？」と、首を傾《かし》げて訊《たず》ねてきた。

「なにしてんの？」

しかし、それさえ無視《むし》して、深い思考の中へと潜行《せんこう》していく俺。

「……『腐った人類』……『救済《きゅうさい》』……『再生』……『ドラゴン』……」

「なんか杉崎が壮大なこと考えてるっ！」

会長の大袈裟《おおげさ》な反応《はんのう》に、他のメンバーまで、俺の呟《つぶや》きに耳を傾《かたむ》け始めたようだ。

「……『進化』……『閉塞《へいそく》した現状《げんじょう》からの脱却《だっきゃく》』……『人類脱皮計画』……」

「『人類脱皮計画』ってなんだよっ！　お前この数分の間に、何企《たくら》み始めてんだよっ！」

深夏が俺の胸座《むなぐら》を掴《つか》んでゆさぶっていた。それでも、思考を続ける俺。

「……『杉崎教』……『爬虫類と哺乳類』……『心の殻』……『俺の理想の世界』……」

「な、なんか、杉崎先輩《せんぱい》が違《ちが》う物語の住人、それもラスボスっぽい感じになってしまってますっ！」

「キー君！　私達が呆《ほう》けている間に、キミに何があったのよ！」

全員が何か、俺に向かってぎゃあぎゃあ騒《さわ》いでいる。俺はしかしその全《すべ》てを無視し……

そして、ようやく辿《たど》り着いた真理を、口にする。

「そうかっ！　全てのルーツは、エジプトにあったんだ！」

『何が⁉』

全員が一斉《いっせい》に大声を出したもんだから、俺は、びっくりして目が覚めた。

「な、なんだよ、皆《みんな》。どうかしたのか？」

「『どうかしたのか？』じゃないわよ杉崎！　なによ、エジプトって！」

「へ？　エジプト？　なんですか、それ」

「自分で言ったんじゃない！　全てのルーツがどうとか！」

「何を馬鹿《ばか》なことを。俺はただ、今回の締《し》めの言葉を考えていただけですよ？　それがどうして、最終的にエジプトに行き着くんですか」

「私が訊《き》きたいよ！」

会長が全力で叫《さけ》んでいる。何を真剣《しんけん》になっているのだろう、この人は。

俺がキョトンとしていると、深夏まで変なことを言い出した。

「そもそも、人類脱皮《だっぴ》計画ってなんなんだよ……そして、エジプトにどう繋《つな》がるんだよ……」

「何を言ってるんだ、深夏。俺はただ無心に思考していただけだぞ。人類脱皮計画とか、エジプトなんか知らん」

「その無心の境地《きょうち》に辿り着いてしまってんのが、なんか一番意味ありげで怖《こえ》ぇよ！　なんだよ！　エジプトには、一体何があるんだよ！　人類はどうなるんだよ！」

「わけがわからん。とにかく、会長も深夏も、変なこと言ってないで、今日の締めを考えろよ。エジプトがどうとか、そんなこと言ってる場合じゃないだろ」

「く……。全ての元凶《げんきょう》たるお前に言われるのは物凄《ものすご》いシャクだけど、確《たし》かに、その通りだぜ……」

深夏は悔《くや》しそうにしながらも、引き下がる。皆もなぜか納得《なっとく》いかないような顔をしていたが、今回の総括《そうかつ》を真剣に考え始めた。

そんな中、会長が、ぽつりと漏《も》らす。

「なんか……正直、私達やこの学園って、別にリニューアルしなくていいんじゃないかしら……」

『…………』

…………。

……自分で言い出しておいて、自分で全部ひっくり返しやがりましたよ、この人。しかし、誰《だれ》も文句《もんく》は言わない。それどころか……。

『うん、それでOK（です）』

全員でハモる。ここまで……ここまでリニューアルについて話が進まないということは、正直、別に現状俺達《げんじようおれたち》が必要としている行動でもないってことなんだろう。

結局リニューアルって、そういうものなのかもしれない。

それこそ、脱皮……。成長する上で必要に迫《せま》られた時に、自然にその発想に至《いた》るもの。ドラゴンマガジンは、次のステージに至るためにそれを必要とし、そして、見事にそれを果たした。素晴《すば》らしいことだ。

だけど、俺達が背伸《せの》びしてやろうとしても仕方ない。それまでの積み重ねがあって初めて『リニューアル』っていうのが成り立つのだから。まだまだひよっこのこの生徒会が手を出せる領域《りよういき》じゃあ、ない。

そっか……そういうことだったんだな。今やれること全てやったその先に、リニューアルっていう進化があるのだろう。

生徒会役員全員が、それぞれの中で結論《けつろん》を噛《か》み締める中……。俺も、再《ふたた》び、深く深く、そのことについて考え始めた。ドラゴンマガジン……リニューアル……再生《さいせい》……ドラゴンぐるぐる……ウロボロス……。…………。

そして……再び、真理に至《いた》る。無意識《むいしき》に、呟《つぶや》く。

「そうか……つまり宇宙誕生《うちゆうたんじよう》の秘密《ひみつ》までも、エジプトにあったんだな……」

『だから、なんでエジプト⁉』

「え？　なに？　なにがエジプト？」

『だぁーかぁーらぁー！』

そんなこんなで。

ドラゴンマガジンが新生しても、俺達生徒会は、これからも相変わらずこんな調子のようだ。

……やっぱり、若干《じやつかん》、リニューアルは必要な気もしてきたぞ……。

存在意義の無いプロローグ

二年B組の一存

二年B組の一員

二年B組の一日

存在意義の無いエピローグ

「杉崎君は、素晴らしい男子だと思います！」 by 中目黒

【存在意義《そんざいいぎ》の無いプロローグ】

「情報《じょうほう》こそ、どんな兵器にも勝る武器《ぶき》なのよ！」

謎《なぞ》の少女「クリーム」は決して小さくなんかない、ただ発展途上《はってんとじょう》にあるだけの胸《むね》を張《は》って素晴《すば》らしい名言を告げた。

しかしそれに対し、このプロジェクトの構成員《こうせいいん》……クリームを含《ふく》めて三名の構成員は、彼女以外はまるで覇気《はき》がなかった。

「アカちゃん……どうしてわざわざ朝っぱらからこんな……」

「こ、こらっ！　アカちゃんじゃない！　今はクリームと呼《よ》びなさい、ちづ——じゃなくて、『クイーン』！」

「……真冬《まふゆ》も、ゆっくり眠《ねむ》りたかったです……ふわぁ……」

「だ、駄目《だめ》よまふ——じゃなくて『ウィンター』！　本名出しちゃ！」

構成員達には極《きわ》めてやる気がなかった。ま、まったく！

「アカ……じゃなくてクリーム。この会合に関しては、クリームが執筆《しっぴつ》するのよね」

「当然よ、クイーン。秘密《ひみつ》の会合だからねっ！　私が直々《じきじき》にやるのっ！」

「……秘密と言いつつ、世間に発表しちゃうんですね……」

「だ、大丈夫《だいじょうぶ》よ。ドラマガの付録《ふろく》らしいから！　杉崎《すぎさき》も深夏《みなつ》も気付かないわ！」

「……で、クリーム。さっきも聞いたけど……つまり、今回は『キー君と深夏のクラスでの生活を抜《ぬ》き打ちで監査《かんさ》、雑誌《ざっし》に載《の》っけてしまおう』という企画《きかく》でいいのね？」

「うむ！　その通りよ！」

「な、謎めいたオープニングを目指《めざ》している割《わり》には、序盤《じょばん》から全謎が明かされている気がするのは、まふ……ウィンターの気のせいでしょうか……」

「何を言うのウィンター！　私達、今のところコードネームで呼び合っているのよ！　私達が何者か推理《すいり》して、ネットで議論《ぎろん》されること間違《まちが》いなしよ！」

　クリームが胸を張ると、なぜか構成員達は深く嘆息《たんそく》した。

「ふふふ……二人とも。私が、何の脈絡《みゃくらく》もなくこんな企画を言い出すとでも？」

　クリームは、更《さら》に自分の「出来る女っぷり」を見せ付けてやることにする。

『思ってます』

「なにもハモらなくても……。……いいわっ！　とくと見なさい、この書類を！」

『こ……これはっ！』

　二人の目がカッと見開く。

そこには……。

一人の、碧陽《へきよう》学園生徒に関する書類があった。

そう。

今日からこの学校に転校してくる、とある一人の少年の、プロフィールが。

【二年B組の一存《いちぞん》】

廊下《ろうか》。二年B組と記《しる》されたプレートの下で深呼吸《しんこきゅう》をする。余計《よけい》に心臓《しんぞう》が活発になる。

「……というわけで、今日は転校生がいる。ほーら、騒《さわ》ぐなー」

教室の中では、ボクを紹介《しょうかい》する前フリが始まっていた。胸《むね》の前で頼《たよ》りない拳《こぶし》をぎゅっと握《にぎ》りこむ。

大丈夫……大丈夫。普通《ふつう》にすれば、いいんだ。前の学校とは……違《ちが》うのだから。

目を瞑《つぶ》る。今までのことを思い出す。ボクの人生。ボクの高校生活。

すると、なぜだろう。明るいことなど何一つ無かったその回想で……逆《ぎゃく》に、ボクは落ち着きを取り戻《もど》した。

（そうだよ……辛《つら》いことが沢山《たくさん》あったけど……。でもだからこそ、これ以上悪くなることなんて……無いはずだ。もしそうなっても……それが、ボクの、限界《げんかい》）

先生の前フリが終わり、「いいぞー」と声がかかった。

ボクは思い切って、戸を引く。

広がる視界《しかい》。飛び込《こ》んでくる光。眩《まぶ》しさに目を細める。

『…………』

気付くと、約八十弱の瞳《ひとみ》がボクを映《うつ》していた。少しだけ、怯《おび》えてしまう。だけど……。

(あ……)

すぐに気付いた。「違う」と。それは、好奇《こうき》の目ではあるけれど。だけど……ボクを苦しめ続けてきた侮蔑《ぶべつ》や悪意の目じゃ、ない。仄《ほの》かな温かさが感じられる、目だ。

「ほら、こっち来て自己紹介《じこしょうかい》しな」

先生が、緊張《きんちょう》気味のボクを優《やさ》しく促《うなが》してくれる。ボクは戸を閉《し》め、カクカクとした動きで教卓《きょうたく》の近くまで行き、そして、少しだけ引きつりながらも……精一杯《せいいっぱい》笑顔《えがお》をつくって、挨拶《あいさつ》をした。

「は、初めまして。中目黒善樹《なかめぐろよしき》と言います。これから、どうぞよろしくお願い致《いた》します」

ぺこりと頭を下げる。緊張の一瞬《いっしゅん》。このクラスは、ボクを受け容《い》れてくれるのだろうか。彼ら、彼女らからの第一印象は、どうなのだろうか。

ボクは……恐《おそ》る恐る、顔をあげる。すると……。

ガタガタと、二人の男女が勢《いきお》い良く立ち上がり、びっくりするほどの音量で叫《さけ》んだ。

『な、中目黒ぉぉぉおおおおおおおおおおおおお!?』

「え、え、え？」

ボクを指差し、なぜだか物凄《ものすご》く驚《おどろ》いた様子で呆然《ぼうぜん》としている二人。端整《たんせい》なルックスの男子生徒と、健康的な美しさに溢《あふ》れた、とても目を引く二人だった。そんな二人が、ボクの苗字《みょうじ》に、やたらと反応《はんのう》している。

ボクはただただ、意味が分からず、おろおろとする。

クラスメイト達も、ざわざわと落ち着かない。

問題の二人も、ボクを見て、ぽかーんとしている。

……こうして、ボクのクラスデビューは、全く意味不明の始まり方をしたのです。

＊

「それでそれで、中目黒君はさー」

「おい、こら、オレが質問《しつもん》してたんだぞ、今！」

あの混沌《こんとん》とした自己紹介から数分後。HRも終了《しゅうりょう》し、既《すで》に本来なら一時間目の授業中《じゅぎょう》だというのに、ボクは、クラスメイト達に囲まれていた。

ちらりと教卓の方を見る。一時間目の授業であるはずの「国語」の担当《たんとう》教師であるという真儀瑠《まぎる》先生は、ボクのことを知るなり、「そんな面白《おもしろ》そうなイベントがあるなら、授業なんてやってられんな」と言ったきり、黒板に大きく「自習！」と書いたと思ったら、教卓の後ろに椅子《いす》を置き、すやすやと眠《ねむ》り始めてしまった。

おかげで、授業中のはずなのに、今やボクは自分を取り囲むクラスメイト達の中心で、ただただおろおろするハメになっている。

矢《や》継《つ》ぎ早に繰《く》り出される質問。とても好意的なのは凄く伝わってくるのだけれど、だからこそ、誰《だれ》にどう対応《たいおう》したものか分からなくて、戸惑《とまど》ってしまう。こんなのは初めての経《けい》験《けん》で、ボクは未《いま》だ、ほぼ一言も発せずにいた。

と……しかし、右隣《みぎどなり》の席に座《すわ》っていた男子生徒が、唐突《とうとつ》に「ええい、静まれぇい！」と立ち上がった。途《と》端《たん》、今まで騒《さわ》がしかった教室が落ち着きを取り戻《もど》す。よく見れば、その男子は、さっきボクを指差して驚いていた人だ。

立ち上がった彼に対して、クラスメイト達が不満の声を漏《も》らし始める。

「なんだよぉ、杉崎ぃ。邪魔《じゃま》すんなよぉ」

「そうよそうよ！　高校で転校生なんてそうそう無いんだから！」

　クラス全体が「そうだそうだー」と同調する中、男子生徒……杉崎と呼《よ》ばれた男子は、もう一度「ええい、静かにしろぉ！」と叫んだ。……なんか、いちいちテンション高い人だなぁ。

「気持ちは分からんでもないが、自重《じちよう》しろ！　お前らのせいで、ええと……な、中目黒君も戸惑っちまってるじゃねえかっ！」

　なぜかボクの苗字を呼ぶ時に杉崎君は一瞬躊躇《いっしゆんためら》いを見せたけど、でもキッパリと、そう告げてくれた。おかげで、クラスメイト達の騒ぎも収《おさ》まり、彼らも口々に「まあ、ちょっと調子にのったな……」と、一歩引いてくれる。

　ボクはホッと胸《むね》を撫《な》で下ろし、そして、わざわざ仕切ってくれたこの隣の男子……杉崎君に、笑顔《えがお》でお礼を告げた。

「えと……ありがとう、杉崎君」

「あ、ああ。いや、いいんだけど……」

　杉崎君はなぜか気まずそうに頭を掻《か》く。すると、ボクからは杉崎君を挟《はさ》んだ席にいる女生徒……さっき彼と一緒《いっしょ》にボクを見て驚いていた子が、ニヤリと何か奇妙《きみよう》な笑みを浮《う》かべた。

「見事に初《しょ》っ端《ぱな》からフラグたったな、鍵《けん》」

「うぐ。い、今のは不可抗力《ふかこうりょく》だろう！　今後はもう何もねぇ！」

「だといいがなぁ。真冬の創作《そうさく》が、予言にならないことを祈《いの》るばかりだな、ニシシ」

「ぐ……」

「？？？？」

二人のやりとりに、ボクは首を傾《かし》げる。でも、とりあえず優《やさ》しそうな人達だなぁと思ったので、思い切って、声をかけてみることにした。どうやら、クラスの中心人物でもあるようだし。

「あの、杉崎君。ええと、これからよろしくお願いします」

「ええっ!? よろしくって何！」

「え、いや、隣の席としてってことだけど……」

「あ、ああ。隣の席として、か。よ、よろしく」

ぎこちなく微笑《ほほえ》み、杉崎君は、ボクと緊張《きんちょう》気味に握手《あくしゅ》をしてくれる。隣では再《ふた》び、さっきの女の子がニヤニヤとしていた。

ふと、彼女はボクと視線《しせん》が合うと、「ああ」と爽《さわ》やかに微笑む。

「紹介《しょうかい》が遅《おく》れたな。あたしは、椎名《しいな》深夏。生徒会役員であり、一応《いちおう》このクラスの委員長でもあるから、まあ、なんかあったら頼《たよ》ってくれていいぜ」

「あ、はい、椎名さんですね。シイの木の椎に、名前の名の……」

「ん？　なんで分かるんだ？」

「あ、いえ、一応事前にクラスメイトの名簿《めいぼ》は貰《もら》っていたんで、名前は大体……。顔は分からないんですけど、名前だけなら……」

そのボクの言葉に、クラスメイト達が『おお……』とどよめく。なんか、感心されてしまった。照れる。

椎名さんは、「そりゃすげぇな」とボクを見た。

「あたしのことは、下の名前の深夏でいいぜ。皆《みんな》そう呼んでいるし、うちの学校には妹もいるからさ。苗字《みょうじ》より、名前の方がいい。あたしも名前で呼ぶからさ」

「えと……分かりました。よろしくお願いします、深夏さん」

「ああ……ちょっと硬《かた》いけど、まあ、いいや。よろしく、善樹」

「………………」

ボクは「善樹」と呼ばれたことに、ぽーっとしてしまう。……中学以降《いこう》、今まで、そんな風に名前で呼んでもらったこと……なかったから。くすぐったいけど……でも、胸がぽわっとした。とても、嬉《うれ》しかった。

ボクは、思わず笑顔になってしまう。

「ありがとう、深夏さん。なんだか、とっても嬉しいよっ」

「え、え？　あ、ああ、いや、なんつうか……」

深夏さんは、ボクの言葉に照れたように頬《ほお》を掻《か》いた。なぜかクラスメイト達も、ボクを珍《めず》しいものでも見るかのような目で、ぽけーっと見ている。——と、唐突《とうとつ》に、そんなクラスの一団《いちだん》の中から、一人の女生徒が、前に進み出てきた。

「なかなか面白《おもしろ》い子じゃない。顔もいいし。うちの事務所《じむしょ》に欲《ほ》しいぐらいよ」

「？」

な、なんだろう、この人は。ボクはその女生徒を見てギョッとした。

なんていうか、普通《ふつう》じゃない。雰囲気《ふんいき》が、どう見ても一般人《いっぱんじん》のそれじゃないというか。

いや、悪い意味じゃないんだけど……。むしろ、ショートながらも艶《つや》やかで手入れの行き届《とど》いた髪《かみ》とか、まるでアニメのキャラクターのような童顔《どうがん》とかキメ細かい肌質《はだしつ》とか……えぇと、ありていに言えば「美少女」というものなんだけど……。

「………」

「えへへ。私に視線釘付《くぎづ》けみたいねっ。無理もないわ。これほどの美少女を目の前にしたら、普通の男の子はイチコロだものねっ☆」

……いや、その、なんていうか。まあ、確《たし》かに美しいんだけど……ええと……なんか妙《みょう》に「作り物めいている」印象がある。この口調も、姿《すがた》も。それこそ、さっき言ったように、アニメ。創作物《そうさくぶつ》。そんな感じというか、どこか、浮世《うきよ》離《ばな》れしている。それに……。

「えと……あの……」

「ふふふ。転校生クン、早速《さっそく》私に興味津々《きょうみしんしん》だねっ☆」

「え、えと。すいません……あの、以前どこかでお会いしたこと、あったような……」

ボクのその発言に、女生徒は「ふふん」と微笑《びしょう》する。そして、なぜか杉崎君や深夏さん、そしてクラスメイト達は微妙《びみょう》に苦笑《にがわら》いをしていた。なんだろう？

美少女は、堂々と胸《むね》を張《は》り、ボクを見下ろす。

「いやぁん、転校生クン。随分《ずいぶん》と古いナンパ手段《しゅだん》～」

「い、いえっ！　決してそういうつもりじゃあっ！」

ボクが慌《あわ》てて手を振《ふ》っていると、彼女は意地悪な笑《え》みを浮かべて、直後、「冗談《じょうだん》だよぉ」とチロッと舌《した》を出した。とても可愛《かわい》い行動だけど、それも、どこか作り物めいて――

「キミが私を見たのは、テレビの中でじゃないかなぁ」

「え？……あ、ああっ！」

ボクは思わず声をあげる。彼女は改めて、ボクに向き直った。

「改めて自己《じこ》紹介するね。巡《めぐる》よ。星野《ほしの》巡」

「あ、あ、ほ、星野巡さん⁉　あ、あの、アイドルの⁉」

ボクの言葉に、星野さんはニヤリと笑う。そして、更《さら》に胸を張り大声！

「そう！　私こそが、荒《すさ》みきったこの現代《げんだい》に現《あらわ》れた最後の天使、星野巡よ！」

「まさか……」

ボクはぽかーんと口を開けてしまう。間違《まちが》いない。星野巡さんだ。最近よくテレビに出てる、あの、アイドルの。そういうのに詳《くわ》しくないボクでさえ名前と顔を知っているぐらい、有名な、あの。

星野さんは、更に自慢《じまん》げに語る。

「喜んでいいよ～。貴方《あなた》は今日から、この私のクラスメイトなんだよっ。これほど幸運なこと、他にないと思うなっ！　きゃぴっ」

「本当に……星野巡さん？」

「ええ。本物よ」

「あの、『苦労プロジェクト』でデビューした……」

「『ホッピング娘《むすめ》。』……懐《なつ》かしいなぁ」

「そして、半年で脱退《だったい》して一人でずけずけとのし上がった……」

「う……だってギャラ分割《ぶんかつ》されんのイヤだったんだもーん」

「その割《わり》に歌唱力が絶望《ぜつぼう》的な……」

「ぐ……」

「そして、びっくりするほど大根《だいこん》役者でドラマをグダグダにすることで有名な……」

「ぐ、ぐぐ……」

「あまりの非常識《ひじょうしき》っぷりに、クイズ番組でもボケ解答担当《たんとう》な……」

「ぐ、ぐぐぐ、ぐぐぐぐぐ……」

「だけど顔だけは可愛いから売れてる、あの星野巡さん⁉」

「いい度胸《どきょう》だコラ転校生！　転校早々私にケンカ売るとはっ！　簀巻《すま》きにすんぞ！」

「わー⁉」

表情《ひょうじょう》が一変したっ！　さっきまで凄《すご》く可愛い素振《そぶ》りだったのに、なんか今は額《ひたい》に怒《いか》りマークがっ！　血管浮き出してる！

星野さんの暴走《ぼうそう》を、背後《はいご》から長身の男子生徒がガッと止める！

「こ、こら姉貴《あねき》！　落ち着けっ、落ち着けよっ！」

「離《はな》せ、守《まもる》！　コイツを殺して私も死ぬ！　そして守も死ぬ！」

「なんで⁉　なんで相打《あいう》ち⁉　そしてなんでオレまで巻き込《こ》まれてんの⁉」

「弟だからっ！」

「姉が死んだら弟も死ななきゃいけないなんてルールないだろ！」

「あと、私の遺産《いさん》は全額《ぜんがく》テレビ局に寄付《きふ》して！　追悼《ついとう》特別番組のために！」

「捻《ひね》くれた使い道だなぁ、おい！」

な、なんか大変なことになっている。

ボクが呆然《ぼうぜん》と二人のやりとりを見守っていると、隣《となり》の杉崎君が、嘆息混《たんそくま》じりに説明してくれた。

「すまんな、中目黒。巡は……まあ、見ての通りのヤツだ」

「は、はぁ。で、でも、なんでアイドルがこんなところに……」

「逆《ぎゃく》だよ逆。アイドルがここに来たんじゃなくて、うちの生徒がアイドルになったんだ。去年デビューしたからな、巡は」

「あ、そうだったね。でも凄いね、アイドルなんて……」

性格《せいかく》的なことはさておき、本当に尊敬《そんけい》する。自分と同い年なのに、社会人として大活躍《だいかつやく》しているなんて……本当に、凄い。

しかし杉崎君は、なぜか嘆息していた。

「ま、確《たし》かに凄いことは凄いわな。顔はいいのにあの性格の悪さのせいで生徒会選挙で一票も入らず、それに苛立《いらだ》って『私の可愛さを認《みと》めさせてやる!』と芸能界《げいのうかい》デビュー、猫《ねこ》を被《かぶ》りに被りまくった末一年でここまでのし上がっちまうパワーは、俺《おれ》も認めるところだよ。……実際《じっさい》、俺にも似《に》たとこあるしな。ただ、だからこその同族嫌悪《けんお》っつうか……」

「?」

「いや、なんでもねぇ」

杉崎君は一つ溜息《ためいき》をつくと、なんだか複雑《ふくざつ》そうに星野さんを見た。彼女はまだ暴《あば》れている。そしてその背後では……。

「あの、杉崎君。彼女を押《お》さえている、あの長身の彼は……」

「ああ、守な。弟だ、巡の」

「弟さん……。って、え、同じ学年なのに? 双子《ふたご》さんですか?」

「いや、珍《めずら》しいけど、双子じゃねえんだ。巡が四月生まれで、守が三月生まれだから、約一歳違《さいちが》うんだけど、まあ、見ての通り、弟の方が大人だな」

「へぇ……そうなんだぁ」

ボクが納得《なっとく》していると、ようやく、巡さんが暴れるのをやめた。完全にむくれてしまって、ボクの方から視線《しせん》を逸《そ》らしてツーンとはしているけど。

ボクが謝《あやま》っておこうかとおずおずしていると、「悪《わり》ぃな」と声がかけられた。えと……

弟の守君だ。巡さんと血が繋《つな》がっているだけあって、かれもかなりのイケメンだ。ただ、女の子っぽくはなく、爽《さわ》やかでワイルドな青年という印象だけど。

「うちの姉貴が面倒《めんどう》かけたな。ええと、中目黒だっけ」

「あ、はい。こちらこそありがとうございました。星野君」

「星野君?」

彼は首を傾《かし》げる。あれ? なにか間違っただろうか。

「えと……星野さんの、弟さん、なんですよね?」

「え?……ああ、なるほど、そういうことか。いや、確かにとても残念ながらあの姉の弟ではあるんだが、俺は星野じゃないよ。あれは芸名だ、芸名。巡は本名だけどな」

「あ、そうなんですか。えと、じゃあ、苗字《みょうじ》は……」

とそこで、クラス名簿を思い出す。そうそう、巡さんと守君と言えば、なにか、とても珍《めず》しい苗字だったような……。

ボクが思い出そうとしていると、なぜか守君は汗《あせ》をダラダラかき始めた。そして、「い、いやぁ!」と素《す》っ頓狂《とんきょう》な声をあげる。

「べ、別に苗字はいいんじゃないかな、うん!」

「? でも一応《いちおう》……」

「お、オレ達もう親友だよな、中目黒！　いや、善樹！」

ボクの肩《かた》に手を回し、急にフレンドリーになる星野……じゃなくて、守君。

「お、オレのことは、だから、守でいいよ、守で！　ほら、巡もいるから、苗字じゃどっちにせよ紛《まぎ》らわしいしさ！」

「は、はぁ。えと……じゃあ、よろしくね、守君」

「あ、ああ！　こ、こっちこそよろしくなっ！」

ぎこちなく微笑《ほほえ》む守君。ううむ……。

そうこうして、巡さんにも謝ったりして姉弟《きょうだい》と親交を深めていると、いつのまにかボクを中心とした混雑《こんざつ》は解消《かいしょう》されていた。気付けば、ボク、姉弟、杉崎君、深夏さんというグループになっている。どうやらボク以外の四人は、普段《ふだん》から仲がいいらしい。

すっかりボクの前でも猫《ねこ》を被るのをやめた巡さんが、「そうそう、善樹」と話題を振《ふ》ってきてくれた。

「うちの守には、ちょっと面白《おもしろ》い芸があるのよ。折角《せっかく》だから、見せてやりなさいよ、守。貴方《あなた》の……超能力《ちようのうりよく》を！」

「ちょ、超能力⁉」

アイドルに続いて超能力者？　一体なんなんだろう、このクラス……というかこの姉弟は。困惑《こんわく》して杉崎君と深夏さんを見ると、二人はさっきと同じように苦笑《くしょう》していた。むむ……。

守君もまた、「姉貴《あねき》……」とどこか疲《つか》れた表情をしている。しかし、「いいからやりなさいよ」と巡さんに命令され、渋々《しぶしぶ》といった様子で、ボクに向き直った。

「善樹。今から、頭の中に、特定の色を思い浮《う》かべてみてくれ」

「色？　なんでもいいの？」

「ああ」

マジックみたいなものだろうか。とりあえずボクは、黄緑色を思い浮かべた。別に理由はない。結構《けっこう》ランダムにチョイスしてみた。

すると守君はボクをジッと睨《にら》み……そして数秒後、カッと目を見開いて、告げる！

「緑！」

「え。……あ、ええと……。……せ、正解《せいかい》？」

ボクは微妙《びみょう》な反応《はんのう》を返す。いや、正解と言えば正解なんだけど、本当は黄緑だし……。

ボクの反応に、守君は「ほら、こうなる」と巡さんを睨む。巡さんは可笑《おか》しそうにケラケラ笑っていた。

ボクがきょとーんとしていると、深夏さんが話しかけてきてくれる。

「善樹。お前、実際《じっさい》のところは、何色想像《そうぞう》した？　正直《しょうじき》に言っていいぜ」

「えと……あの、ごめんなさい。本当は、黄緑を……」

ボクがそう答えると、巡さんは更に可笑しそうに笑い、守君は「ほうら」と呟《つぶや》く。杉崎君もニヤニヤとしていた。

深夏さんが説明してくれる。

「つまり、そういうことなんだよ、善樹。こいつ……守の超能力は、実際、その程度《ていど》なんだ」

「え？　どういうこと？」

「つまりだな。『微妙』なんだよ。全《すべ》てにおいて」

「び、微妙……」

深夏さんの言葉に、守君はちょっと自尊心《じそんしん》を傷《きず》つけられたように「う……」と呻《うめ》いていた。どうもさっきから守君は、深夏さんを気にしているふしがあるような……。

杉崎君が付け足してくれる。

「別に色を当ててるだけじゃないんだ、守は。未来予知、マインドリーディング、サイコメトリー、テレパシー、透視《とうし》と……物理的なこと以外ならなんでもござれだ」

「そ、それは凄《すご》いね……」

史上最強の超能力者さんじゃないか！

「ところが、そうでもない。さっきの黄緑と緑のように、かなり微妙なんだ。的中率《りつ》というか、効果《こうか》というか、そういうものが」

杉崎君がそう言うと、守君はムスっとしてしまった。杉崎君を軽く睨んでさえいる。

……どうも、この四人はただの仲良しグループでもなさそうなんだよなぁ。巡さんの態度《たいど》に関しても、実際、ちょっと違和《いわ》感があるし。杉崎君ばっかり見てたり。

守君は、杉崎君に話を任《まか》せるのがイヤだったのか、自分で能力のことを説明する。

「で、でも、それなりに凄いんだぜ。え、選ばれし者って感じだろう、な、深夏」

なぜそこで深夏さんに同意を求めるのだろう。彼女は曖昧《あいまい》に笑っていた。守君はなぜか焦《あせ》ったようにこちらを向く。

「例《たと》えばほら、善樹、前世見てやるよ、前世！」

「え、ええ？」

「むむ……。……ハッ！　分かった！」

「早っ。セリフにしたら一行ぐらいの間だよね、今の！」

「ふふん。分かったぞ。善樹の前世。それは……江戸《えど》時代の人だ！」

「江戸時代の人？　えと……それで？　どんな人なの？」

「さあ。それだけしか分からん」

「…………」

微妙だ……。ディティールが激《はげ》しく微妙だ……。

空気を読んだように、守君は次の行動に移《うつ》る。

「今度はお前の未来を見てやる！」

「ええっ！　いいよ、怖《こわ》いし……」

「むむ……ハッ！　見えた！」

「見ないでいいって言ったじゃない！」

「善樹！　お前は今日の昼、購買《こうばい》でパンを買うだろう！」

「……。……え、うん、だろうね。お弁当《べんとう》持ってきてないし……」

「…………」

「…………」

それだけらしかった。

「ほ、本当に見えてるんだぞ！」

「そ、そうなんだ」

「く……じゃあ、過去《かこ》見てやる、過去！　当たってたら分かりやすいだろう！」

「ええっ⁉　いいよ、別に！」

「カッ！」

「だからなんで勝手に見ちゃうの⁉　なんか軽くプライバシーの侵害《しんがい》っぽくない⁉」

「善樹お前……」

「な、何を見たの……」

　ごくり。息を呑《の》むボク。ボクの過去……あまり他人に見られたいものじゃない、あの、過去を見られてしまったのだろうか。

　ボクは緊張《きんちょう》気味に、そして他三人はボーっと見守る中、守君が声を張《は》る！

「お前、過去に親に怒《おこ》られたことあるな！」

「え。うん……まあ、そりゃあ」

「…………」

それだけらしい。いや……誰《だれ》だってあるんじゃ、それぐらい……。

「どうだっ、深夏！」

なぜか自信満々に深夏さんを見る守君。どうも彼女にいいところを見せたいらしい。

しかし、深夏さんは無情《むじょう》にも、バッサリと斬《き》り捨《す》てた。

「うん、相変わらず素晴《すば》らしい微妙《びみょう》っぷりだな、守！」

「ぐはっ！」

守君はがっくりと落ち込《こ》んでしまった。なるほど……これは確《たし》かに……。

「び、微妙ですね……」

「だろう」

杉崎君が笑い、巡さんも深夏さんも笑う。ボクも、つられて「あはは」と笑った。

（こんなに楽しいのは……どれくらいぶりだろう）

ボクはこの学校……このクラスに、改めて感動していた。

（でも……学校違《ちが》うと、ここまで違うものなんだな……）

今まで転校なんてしたことなかったボクは、素直《すなお》にそのことに驚《おどろ》いた。元々「とても校風のいい学校」とは聞いていたけど、ここまでとは……。良かったな、ここに来て。

話題も一段落《いちだんらく》して、ボクは「ところで」と杉崎君に切り出してみる。

「あの……深夏さんと杉崎君は最初ボクに驚いていたみたいだけど、あれは、どういうことなのかな？」

ボクの質問《しつもん》に、杉崎君は「うぐ」と詰《つ》まる。一方、深夏さんはやっぱりニヤニヤしていた。ボクが首を傾《かし》げていると、杉崎君は歪《いびつ》な笑《え》みを浮《う》かべる。

「ま、まあ、気にすんな、な、中目黒」

まただ。また、ボクの苗字《みょうじ》でなんか詰まってる。

「えと……よく分からないけど、苗字がダメなら、名前で呼《よ》び合った方がいいのかな？」

「いや！　待て！　それはやめてくれ！　なんか親密度《しんみつど》がアップしてる！」

「？？　えと……それは、ダメなの？」

「そ、そういうことじゃないんだが……」

「あ、ごめん。なんかボク、図々《ずうずう》しかったよね」

「い、いや、そう気にされるとズキズキ来るんだが……。と、とにかく！　苗字に関しては、俺が慣《な》れるから、気にするな！　別に嫌《きら》いとかそういうわけじゃない！」

「？　えと……ならいいけど……」

そのやりとりに、深夏さんがまた「嫌いじゃない、ねぇ」とニヤニヤし、杉崎君が「くそぅ」と悔《くや》しそうにしていた。……なんだか分からないけど、気にするなと言われてるし、ボクも極力気にしないようにしよう。

もう一つ、ボクは疑問《ぎもん》があったので、訊《たず》ねてみる。

「あと、杉崎君と深夏さんって、付き合ってるの？」

その質問に、なぜか空気がピシャリと停止する。杉崎君と深夏さんだけならまだしも、なぜか、姉弟《きょうだい》まで緊張《きんちょう》したようにしていた。

なにか失言してしまったかと思って慌《あわ》てていると、唐突《とうとつ》に、杉崎君が満面の笑みでボクの方を向く。

「そうかそうかっ！　中目黒には、そう見えるのか！」

「え？　うん……なんとなく、凄《すご》く仲良さそうだなって」

「おおっ！　お前は見る目あるなー、中目黒！　そう！　この俺、杉崎鍵は、実はこの深夏の彼氏――」

『じゃないっ！』

杉崎君が肯定《こうてい》しようとしたところで、姉弟と深夏さんが全力で否定《ひてい》してきた。

ボクが目をパチクリとしていると、三人は目をギラギラさせて、ボクに迫《せま》ってくる。

「あ、あたしが鍵なんかと付き合うわけないだろう！」

「そうよっ！　杉崎に見合うのはこんな漢女《おとこおんな》じゃなくて、もっと可愛《かわい》い、アイドルよ！」

「その通りだっ！　深夏がこんなエロ男と付き合うはずないだろう！　深夏に見合うのはこう……男らしい、選ばれし男だ！　超能力《ちょうのうりょく》使えるような、熱い男だ！」

………………。

……ええと。色んな物事に結構鈍感《けっこうどんかん》なボクだけど、流石《さすが》にここら辺の人間関係は一瞬《いっしゅん》で伝わってきてしまった。

つまり……巡さんは杉崎君が好きで、守君は深夏さんが好きなんだろう。確実《かくじつ》に。びっくりするほど、確実に。で、杉崎君は……よく分からない。深夏さんのことを好きと口では言っているけど、姉弟のような分かりやすさは無い。深夏さんは、なんとなく、そんなに杉崎君のことを悪く思ってはいないような、そんな感じだ。

「…………わー」

なんか大変そうな人間関係だなーっと思った。この四人。やっぱり、ただの仲良し集団《しゅうだん》じゃなかった。

守君が、「おい、善樹」とどこか焦《あせ》った表情で声をかけてくる。

「なんだその、全部理解《りかい》したみたいな目は」

「ん？　ええと、つまり、巡さんと守君はそれぞれ、杉崎君と深夏さんのことが――」

そこまで言ったところで、驚《おどろ》くほどの速さで守君に口を押《お》さえられ、同時に、女の子とは思えない腕力《わんりょく》で巡さんに担《かつ》ぎ上げられ、攫《さら》われてしまった。転校初日に誘拐事件《ゆうかいじけん》に巻《ま》き込まれてしまいました。

とりあえず、教室の隅《すみ》まで連れ去られ、杉崎君達に声が聴《き》こえないことを確認《かくにん》してから、守君と巡さんが顔を寄《よ》せてくる。

「いいか善樹。お前が今気付いたことは、お前の人生史上最大のシークレットだ」

「ボクの人生、なんか軽く見られなかった？　今」

「善樹。邪魔《じゃま》だからバラさなくても殺す」

「巡さんっ、それもはや脅迫《きょうはく》じゃないよっ！　殺人予告だよ！」

「とにかく善樹！　下手《へた》なこと言うなよ！　言ったら絶交《ぜっこう》だかんな！」

「友情《ゆうじょう》成立から絶交までの最短記録が更新《こうしん》できそう！」

「言う気かっ、てめぇ！」

「というか、えと、普通にバレバレなのでは……」

ボクがそう呟《つぶや》いたところで、近くにいたクラスメイトの一人が「気付いてないのはスペース姉弟《きょうだい》と生徒会ペアだけだな」と忠告しに来てくれたけど、彼は、姉弟に両サイドから殴《なぐ》られて、物言わぬ人となってしまった。……転校初日に、クラスメイトが一人、減《へ》ってしまいました。南無《なむ》。

「スペース姉弟？　生徒会ペア？」

「す、スペース姉弟は忘《わす》れろ。聞き間違《まちが》いだ。こほん。……杉崎と深夏は生徒会役員なんだ。くそ、同じ生徒会役員だからって余裕《よゆう》ぶりやがって……。って、いや、そうじゃなくて、とにかく、オレは深夏のことなんかなーんとも思ってないかんなっ！」

「あー。ここに至《いた》っても、隠《かく》せると思っているのは凄いね、守君」

「わ、私は別に、杉崎のことなんてなんとも思ってないんだかんねっ」

「いまどきそんなテンプレートなセリフを吐《は》く人がいるなんて……」

とはいえ、状況《じょうきょう》はとてもよく分かった。つまり、隠せていると思っているのは当人達だけで、実際《じっさい》、杉崎君と深夏さんには隠せているのだろう。

「善樹。深夏の前で変なこと言ったらどうなんのか、分かってんな？」

「善樹、分かってるよね？」

拳《こぶし》を掲《かか》げながら言う姉弟。……わー。初日から、クラスメイトに脅《おど》されたぁー。

「言わないよ……。うん。大丈夫《だいじょうぶ》。約束するよ」

とても面倒《めんどう》なことになりそうだし、とは言わなかった。二人は満面の笑《え》みで『よしよし！』とボクの頭を撫《な》でると、杉崎君と深夏さんのところに戻《もど》って行く。ボクも嘆息《たんそく》しながら、元の席へと戻る。

着席すると、杉崎君が、声をかけてきた。

「良かったじゃないか、中目黒。宇宙《うちゅう》姉弟と完全に打ち解《と》けたみたいじゃないかっ！」

なぜか杉崎君は、ボクが他の人と親密度《しんみつど》を上げることが嬉《うれ》しいらしい。それも気になったものの、もう一つ、果てしなく気になるワードがあった。

「え？　うちゅう……姉弟？」

ボクの言葉に、姉弟の表情がぎくりと強張《こわば》る。巡さんなんかは、「しまった！　そっちの情報の規制《きせい》を忘《わす》れてた！」と叫《さけ》んでいた。

守君が杉崎君に何かを言おうとしたようだけど、杉崎君の「クラスメイトに隠し通せることじゃねえだろ」という言葉に黙《だま》り込んでしまう。

そうして姉弟が大人しくなったところで、杉崎君はニヤニヤ笑いながら教えてくれた。

「苗字《みょうじ》だよ、苗字。星野は芸名だって聞いたろ？」

「あ、うん。……え？　あの……もしかして、じゃあ、本当は『うちゅう』って言うの？

え、それって……」

「うん、普通《ふつう》に漢字で『宇宙』だ。珍《めずら》しいだろ。でも事実なんだ」

「え、ということは……」

ボクは二人の名前を連想する。二人は、恥《は》ずかしそうに俯《うつむ》いていた。

宇宙巡（うちゅう、めぐる）

宇宙守（うちゅう、まもる）

……………………。

「……アニメキャラクター？」

『う、うわぁあああああああああん！』

姉弟は泣きそうな表情で叫んでいた。ああ……だから知られたくなかったのか、苗字。

それに、芸名で苗字変更《へんこう》したのも……。

深夏さんが、意地悪く微笑《ほほえ》む。

「恐《おそ》らく、あたし達の知らないところで、この二人が地球守ってくれてんだぜ！」

「なわけあるかぁっ！」

巡さんが否定《ひてい》する。

杉崎君も笑っていた。

「次のウルト○マンは、この二人が主役の『ウル○ラマンツイン』らしいぞ」

「んな予定はねぇ！」

守君が顔を真っ赤にしながら否定する。……可哀想《かわいそう》に。

ボクは、フォローしてあげることにした。

「だ、大丈夫だよ、二人とも！　カッコイイよ！」

「本名は別にカッコよくなくていいわよ！」

「そ、それに、いいじゃない、主役っぽい名前！　ヒーローになれる確率《かくりつ》高そう！」

「高校生にもなって夢見《ゆめみ》るものじゃねえよ！」

ボクが困《こま》ってしまっていると、深夏さんはボクの肩《かた》にぽんと手を置き……そして、悟《さと》った風な表情《ひょうじょう》で、シリアスに言ってきた。

「よせよ、善樹。二人は……まだあたし達には自分達の正体を明かせねぇ事情があるんだろうよ。あたし達に出来ることは……温かく二人を、地球を守る戦いへと送り出してやることだけじゃねえかな」

「深夏さん……。うん、分かった！　ボクも、応援《おうえん》するよ！」

『余計《よけい》なお世話だぁあああああああああああああああああ！』

二人は大絶叫《だいぜっきょう》していた。そうして、深夏さんと杉崎君がからかうのをやめると、二人でボクを挟《はさ》んで、再《ふたた》び部屋の隅《すみ》まで連行する。宇宙人捕獲《ほかく》、みたいな光景だ。

二人は、猛烈《もうれつ》な勢《いきお》いですごんでくる。

「今後、苗字や恋《こい》や能力《のうりょく》のことでオレ達をからかうんじゃねえぞ！」

「そうよ、善樹。もし禁忌《きんき》に触《ふ》れることがあれば……私の事務所《じむしょ》の圧力とか弟の超能力《ちょうのうりょく》とかその他諸々《もろもろ》を総動員《そうどういん》して、貴方《あなた》に真の地獄《じごく》を見せるからね」

……転校早々、脅迫《きょうはく》です。しかも超能力者とアイドルから。

「じゃ、そういうことで。まあ、今後も色々頼《たの》むぜ、親友」

「アイドルの秘密《ひみつ》を握《にぎ》っていること、光栄に思いなさい、善樹」

二人に気持ちの悪い笑顔で送り出される。ボクはぶるぶると震《ふる》えながら、自分の席へと戻っていった。

「ああ、中目黒君を中心に、うちのクラスの人間関係が更《さら》にこじれはじめてるわ……」

とは、ボクのすぐ近くにいた他のクラスメイト女子の言葉。……なんでそんなことになったのでしょう。ボクは、まだ、多分、何もしてないのに。

ボクは、とりあえず、脅迫による友情よりは、普通の友情をとることにした。杉崎君に、積極的に話しかけてみる。

「あの、杉崎君」

「なんだ……。って中目黒。お前、自分からは俺《おれ》にしか話しかけないな」

「え？　ん……だって、杉崎君がボクの中では今のところ一番話しかけやすいから……」

「ああっ！　フラグがどんどん立っていく！」

「？」

杉崎君はとてもいい人だと思うのだけれど……こうして時折意味の分からないことを言うのが、玉に瑕《きず》だと思う。

気にしても仕方ないので、ボクは、続ける。

「杉崎君と深夏さんは、生徒会役員なんだってね。やっぱり凄《すご》いね、二人は。この学校の生徒会選出って、確《たし》か、人気投票なんだよね？」

「ん？　ああ、深夏は人気投票だな。俺は、優良枠《ゆうりょうわく》っていう、成績《せいせき》トップ枠のところで入っているんだ」

「へー、そうなんだっ！　杉崎君、ますます凄いんだねっ！」

ボクはすっかり感心してしまった。凄いなぁ、杉崎君は。クラスの中心であって、その上、成績までトップクラスだなんて。

ボクが羨望《せんぼう》の眼差《まなざ》しで見ていると、なぜか杉崎君は「ま、まぁな」と引きつっていた。

……照れてるのかな？　そうやって鼻にかけないところも、凄いや。

ふと気付くと、遠くから巡さんがうっとりと杉崎君を見ていた。

「素敵《すてき》……」

「…………」

アイドルがすんごいラブラブ光線出してますけど。ねえ、杉崎君。ねえってば。あ、あれで、気付かれないんだ。深夏さんも杉崎君も、気付かないんだ、アレ。そして更《さら》には、守君まで……。

「ちょっと勉強が出来るからって……ぶつぶつ。見てろよ、杉崎。次の優良枠はオレがとって、深夏を、お前の魔《ま》の手から……ぶつぶつ」

「…………」

独《ひと》り言……なんだよね？　遠くのボクにまで完璧《かんぺき》に聞《き》こえているけど……アレ、独り言、だよね？　でも、絶妙《ぜつみょう》のタイミングで杉崎君と深夏さんは二人で雑談《ざつだん》を始めてしまい、どうやら二人にだけ聞こえてないようだ。……なんなんだろ、このグループ。正直、とても面倒臭《めんどうくさ》いです。

やっぱり宇宙姉弟はあまりお近づきになりたくない気がしてきたので、ボクは、更に積極的に杉崎君に話しかけることにした。

「杉崎君、杉崎君っ！」

「……お前、だから、なんで俺ばっかり……」

「だ、だって！　杉崎君以外、ボクにはいないんだよっ！」

まともな友人が。

「だから、どうしてそう急激《きゅうげき》に俺への依存度《いぞんど》上がっていくんだよ！　怖《こえ》ぇよ！　真冬ちゃんのシナリオを物凄い勢《いきお》いでなぞんなよ！」

「？　まふゆちゃん？」

「…………。なんでもない」

なぜか杉崎君は頭を抱《かか》える。ボクがキョトンとしていると、深夏さんが苦笑《くしょう》しながらフォローしてきた。

「まあ、鍵にも色々あんだ。善樹の知らない……そう、壮大《そうだい》なバックボーンがな」

「壮大なバックボーン⁉」

「ああ、そうだぞ善樹。人にはそれぞれ、他人には言えない秘密があるんだ」

なぜそこまで分かっていて、この人は、守君の気持ちには微塵《みじん》も気付かないのでしょう。

「鍵の隠《かく》された秘密その一。こいつ実は、その気になればヤ○チャも倒《たお》せる」

「結構《けっこう》微妙だねっ！」

というか、なんなんだろう、深夏さんは。いくら転校生とはいえ、そんな言葉、ボクが信じると思っているのだろうか。はぁ……やっぱり深夏さんも、変な人――

「相変わらず恐《おそ》ろしいぜ……杉崎鍵。しかし、ライバルとして不足なし！」

「流石《さすが》私の未来のダーリン……素敵よ！」

「…………」

すぐ傍《そば》に信じてる姉弟《きょうだい》がいました。

ボクは、なんだかとても恐ろしくなって、杉崎君の袖《そで》を掴《つか》む。

「杉崎君……やはりもうボクには、杉崎君しかいないようです……」

「なんで⁉　どうして⁉」

何故《なぜ》か杉崎君も涙目《なみだめ》でした。

＊

「やっと終わった……」

帰りのＨＲが終わり、ボクはどっと息を吐《は》く。濃《こ》かった……とても濃い一日だった……。温《あたた》かく迎《むか》えてもらえたことはとてもありがたいけど、でも、別の意味で、とても疲《つか》れる一日だった……。

机《つくえ》に突《つ》っ伏《ぷ》していると、隣《となり》でも、バタリと倒《たお》れる音がした。杉崎君だ。

「やっと終わった……」

ボクと同じ呟《つぶや》きをして、疲れた表情《ひょうじょう》をしていた。……ああ、ボクの本当の理解者《りかいしゃ》は、やっぱり、杉崎君だけなのかもしれない。ボクは急速に杉崎君への信頼感《しんらい》を募《つの》らせていく。

杉崎君とバッチリ目が合う。彼はなぜか、とても慌《あわ》てたように、バッと顔を逸《そ》らしていた。……うんうん。照れ屋なところも、とても共感出来る。杉崎君となら、ボクは親友にさえなれる予感がしてきたよ。

「おっし、帰ろーぜ、善樹！　杉崎なんて放《ほ》っといて！」

「一緒《いっしょ》に帰ろうじゃない、善樹。監視《かんし》のため……じゃなくて、友達として！」

杉崎君を敵視《てきし》する守君と、性悪《しょうわる》アイドルの巡さんが声をかけてきてくれた。…………。

ボクは、深夏さんと一緒に生徒会室に行こうと立ち上がった杉崎君の袖をひしっと掴む。

そして、涙目。

「杉崎君も……一緒に、帰って下さい」

「だから、なんでっ⁉」

「うぅ……」

宇宙姉弟とガッツリ一緒なんて、耐《た》えられる自信が無いのです。

「うっ」

戸惑《とまど》う杉崎君。そんな彼に、深夏さんが、ニヤニヤとしながら声をかける。

「今日は善樹と一緒に帰っていいぜぇー、鍵」

「深夏っ、てめぇっ！」

「委員長命令だ。慣《な》れない転校生を、ちゃんと家まで送ってやれ」

「く……。お、俺じゃなくても……」

「そうそう、鍵と善樹、すげぇ家近いみたいだぞ？」

「ぐ……」

杉崎君は苦虫《にがむし》を嚙《か》み潰《つぶ》したような表情をした後……涙目のボクを見て一つ嘆息《たんそく》。そうして、「分かったよ……」とうな垂《だ》れた。

「うぅ……やっぱり杉崎君は優《やさ》しいなぁ」

「だからどうしてお前の中でだけ俺の好感度うなぎのぼりなんだよ！」

杉崎君はその後「美少女は落ちないのにー！」とか叫《さけ》んでいたが、彼なりの照れ隠《かく》しだろう。やっぱり杉崎君はとっても、とってもいい人だ。

そんなわけで、ちょっと不機嫌《ふきげん》な守君と、そして、あからさまに喜んで小躍《こおど》りしている巡さんと一緒に、ボクらは帰宅《きたく》することにした。

深夏さんはといえば一人、「真冬にいい土産話《みやげばなし》が出来たぜ……」と、スキップしながら教室を出て行った。……変な人だ……やっぱり。

校門を出て、てくてくと歩道を歩く。全員、徒歩通《がよ》い出来る距離《きょり》のようだ。

守君が、「善樹は」と質問《しつもん》してくる。

「実家が近くにあるのか？」

「あ、ううん。転校と一緒に、アパートで一人暮らしを始めたんだ」

「一人暮らしか。大変だな。うちの学校、寮《りょう》無《ぐ》いもんな」

「そうだね。でも、元々実家でも一人でいること多かったから、そんなに大変じゃあないかな」

そう答えると、今度は巡さんが訊《たず》ねてきた。

「親、共働きかなんかなの？」

「うん、そうだよ。とても……忙《いそが》しい親だったよ……」

そう。ボクが……悩《なや》みを相談する時間さえ、ないほどに。

ボクが寂《さび》しそうな顔をしてしまったせいか、宇宙姉弟はそこで質問をやめてしまった。

気を遣《つか》わせてしまったかとおろおろしていると、杉崎君が、何事もなかったかのように話を続けてくれる。

「俺も一人暮らしなんだ」

「え？　あ、そうなんだ……」

「ああ。でもこのご時世《じせい》、大して自炊《じすい》出来なくてもなんとかなるもんだぞ。ああ、そうだ、家も近くらしいし、後で、安い定食屋とか教えるよ」

「あ、ありがとう。うん、本当に嬉《うれ》しいよ」

「そ……。……そっか」

杉崎君はなぜか嘆息《たんそく》していたけど、それでも、最後には優しげにボクに微笑《ほほえ》んでくれた。

……彼は時折ボクとやたら距離をとろうとするけど、それでもやっぱり、とてもいい人だ。

巡さんが惚《ほ》れるのも分かる。どうして深夏さんは素直《すなお》にならないんだろうなぁ。

杉崎君に対抗意識《たいこういしき》でも燃《も》やしたのか、守君が「善樹！」と大声を出す。

「杉崎よりも、安くて美味《うま》い店、オレが教えてやるからなっ！　透視《とうし》で一発だ！」

「あ、ありがとう」

「善樹！　杉崎と一緒に店行く時は私も誘《さそ》うのよ。……分かってるわよねぇ」

「そ、そうするよ」

やっぱりこの姉弟は苦手《にがて》だ。悪い人達じゃないんだけど……。

しばらく歩いて出たT字路で、守君が「じゃあ」と切り出してくる。

「オレ達、あっちだから」

「あ、うん。ありがとう、ここまで」

「……善樹。お前、なんか、笑顔だな」

「え？　そ、そんなことないよ、うん。別に、杉崎君と二人になれるのが、嬉しかったりなんかしないよ？」

ボクがそう返すと、なぜか杉崎君はぶるぶると震《ふる》えていた。……どうしたんだろう？

気付けば、巡さんが「杉崎と……二人きり……はぁはぁ」と、とても危《あぶ》ない状態《じょうたい》になっていた。あれは……もう、恋する乙女《おとめ》とかそういうレベルじゃないんじゃ……。しばししてハッと正気に戻《もど》った巡さんも、別れの挨拶《あいさつ》をしてくる。

「じゃあね、善樹。……す、杉崎も。べ、別に杉崎なんてどうでもいいけどねっ！」

ここに来て、まさかのツンデレキャラ押《お》しです。杉崎君も、「あ、ああ」とひきつった笑顔で巡さんに返す。……美少女美少女連呼《れんこ》している杉崎君なのに、なぜか巡さんは苦手なようだ。気持ちは痛《いた》いほど分かるけど。

『……はぁ』

宇宙姉弟の背《せ》を見送って、二人、同時に嘆息する。

「あの……杉崎君、美少女好きなんだよね？」

「ん？　あ、ああ！　そう！　俺は女が好きだ！　ノーマルだ！」

なんか強調された。なぜだろう。

「でも……巡さんのことは、苦手そうだよね。美少女なのに」

一応《いちおう》友達としては、彼女の恋《こい》の行く末も気になるので、訊《たず》ねてみる。杉崎君は、「む、むー」と、とても複雑《ふくざつ》そうに唸《うな》ってしまった。

「嫌《きら》いじゃないんだがなぁ……。可愛《かわい》いとも思うんだがなぁ……」

「？　それでもダメなの？　杉崎君らしくないよね？」

「いや……なんつうか、ギャルゲーに例《たと》えるとしたら、サブキャラな感じ？　こう、攻略《こうりゃく》出来ないというか、したくないっつうか、してはいけないというか……」

「ああ……」

なんとなく、伝わってきた。杉崎君は更《さら》に続ける。

「あのルートに入ってしまったら、色んな可能性《かのうせい》が根こそぎ閉《と》ざされる気がするというか、ハッピーエンドからしてバッドエンドっぽいというか……。いくら容姿《ようし》重視と言えど性格面《せいかくめん》で越《こ》えてはならない一線はある気がするというか……」

「あー」

巡さんには悪いけど、杉崎君。その観察眼《かんさつがん》は的確《てきかく》だと思うよ。

「ま、巡自身、俺には全く好意ないみたいだしなっ！　攻略難度《なんど》も高すぎだっ！」

「………」

なんでそんなに観察眼鋭《するど》いのに、そこだけ履《は》き違《ちが》えているのだろう、杉崎君は。攻略難度なんて「やさしい」以下だと思いますよ、あれ。一声かけたら、即《そく》ゲットの域《いき》ですよ、彼女。既《すで》に好感度がメーターを振《ふ》り切ってますよ。まあ、言わないけど。

とりあえず、ボクらは自宅《じたく》方面に向けて歩き始める。

「杉崎君は、じゃあ、彼女とかいないんだね？」

「なぜ訊《き》く」

なぜか杉崎君が一歩離《はな》れてしまった。一歩詰《つ》めてから、もう一度質問《しつもん》。

「いや、こんなに素敵《すてき》なのに、不思議だなぁと思って」

「…………」

無言で二歩離れられてしまった。また、距離《きょり》を詰める。

「でも深夏さんのことが一番好きなんだよね？」

「へ？　ああ……。まあ、そうだな。クラス内じゃ、確《たし》かに一番かもな」

「？　クラス内？」

そう訊ねると、杉崎君は「ふふふ」と不敵に笑った。

「そう！　この俺、杉崎鍵には、実はハーレムがあるのだ！　生徒会という美少女ハーレムがっ！　深夏は、そこの一員として愛しているぞ！」

「！　そうなんだっ！　やっぱり凄《すご》いねっ、杉崎君はっ！」

これだけ素敵な男性ともなれば、やっぱり、沢山《たくさん》の女の子と同時に付き合ってしまえるものなんだなぁ。

ボクの羨望《せんぼう》の眼差《まなざ》しに、杉崎君は「ふふん」と機嫌《きげん》を良くする。

「ああ。俺ぐらいになれば、当然だな」

「そっかぁ。じゃあ生徒会の人達は今頃《いまごろ》、杉崎君がいなくてとても寂《さび》しがっているだろうね……」

「う……そ、そうだな！　俺がいないと、彼女らは全く元気が出ないだろうな！……今頃中目黒ネタで盛《も》り上がっている気がするけど……」

「？」

「いや、なんでもない！　そう！　既に生徒会役員の心は全《すべ》て俺のものだ！　この世界でかつてこれほどマルチヒロインシステムを活用した男がいたであろうかっ！」

「凄い！　昨今ゲームやアニメでさえ最後は一人と結ばれて終わるというのにね！」

「つまり中目黒。俺は、ノーマルなんだからな！　シンジ君とカヲル君みたいなのは嗜好《しこう》対象外なんだかんなっ！」

「うん？　よく分からないけど、とにかく、ボクはますます杉崎君を尊敬《そんけい》するようになったよ！　女性にそんなに好かれる男性って、素敵すぎだよ！」

「ああっ！　なんか逆効果《ぎゃくこうか》ばっかり！」

また頭を抱《かか》える杉崎君。どうしたんだろう。

それにしても、杉崎君は凄いなぁ。全然、同い年とは思えないや。

ボクも……杉崎君みたいになれたら……。……転校しなくても、良かったのかな。

「……どうした？　中目黒」

「え？」

「なんか元気ないぞ？　って俺、また余計《よけい》なフラグを……」

杉崎君は何かぶつぶつ言っていたけど、ボクの様子を見て一つ息を吐《は》くと、再度《さいど》、「で、どうした？」と気遣《きづか》ってくれた。やっぱり……優《やさ》しい人だなぁ。

ボクは、苦笑いをする。こんな優しい人に……これ以上甘《あま》えてはいけない。

「ううん、なんでもないよ。うん」

「………」

ボクの返答に……杉崎君は、顔をしかめた。そうして、呟《つぶや》く。

「気に食わねぇ」

「え？」

「いいから話せよ、中目黒。お前、今、なんか、我慢《がまん》したろう」

「あ……」

「当人が話したくない過去《かこ》までほじくりたいとは思わねぇけどな。話さない理由が『遠慮《えんりょ》』だっていうなら、それはナシだ」

「でも……杉崎君には関係ないし……」

「関係なくない。俺は生徒会役員だぞ。そうじゃなくても……」

そこで杉崎君は一瞬《いっしゅん》詰まり……そうして、何か諦《あきら》めたように息を吐いて、どこかスッキリした微笑《びしょう》を浮《う》かべた。

「俺は、お前の、クラスメイトであり、もう友達だ。だろ？」

「…………」

夕陽をバックにそう笑う彼に、思わず見惚《みほ》れてしまった。……ホント、ボクには眩《まぶ》しい人だな……杉崎君は。

そんな風に見ていると、杉崎君はすぐに「うぐ」と顔をしかめ、そして、「と、とにかく早く話せっ！」と顔を逸《そ》らしながら、歩き始めてしまった。ボクは慌《あわ》ててその隣《となり》に並《なら》びながら、少々俯《うつむ》き加減《かげん》で、話す。

「えと……ね。ボクは、その……杉崎君みたいな強い人から見たら、とてもくだらなく思われてしまうかもしれないけど……。その……。……逃《に》げて、きたんだ。前の、学校から」

「…………」

「いじめられたから……逃げてきた。そんな……本当に、どうしようもない理由なんだ。あはは……軽蔑《けいべつ》するよね？」

「しねえよ」

杉崎君は即答《そくとう》する。ボクは背中《せなか》を押されたような気分になり……更《さら》に、語る。

「どうしようもないって、思ったんだ。もう……どうしようもないって。最初はとても些《さ》細《さい》な理由で、そして、些細な、いやがらせだったのに。気付けば……いつの間にかボクは、クラス中……いや、学校中から蔑《さげす》まれるようになっていたんだ」

「なんだってそんな……」

「うん……碧陽《へきよう》学園にいる杉崎君には、ちょっと想像《そうぞう》出来ないかもね。世の中にはね……人を傷《きず》つけるのを娯楽《ごらく》だと捉《とら》える人、結構《けっこう》いるんだよ。あ、でもでも多分、当人達なりにそれは、正義《せいぎ》なんだよ。別に、その子達が悪人だってわけじゃないと思うんだ。

……あの学校でのボクは、最終的には、『熟女《じゅくじょ》相手に売春』していて、『教師《きょうし》に取り入って成績《せいせき》上げてもらって』いて、『親のコネで既《すで》に大学裏口《うらぐち》入学も決まって』いて、『大人しい顔して裏じゃ動物虐待《ぎゃくたい》している』、中目黒善樹、だったから」

「な――」

杉崎君は絶句《ぜっく》している。ボクは、「ほら」と微笑《ほほえ》む。

「そう言われたら、結構《けっこう》そう見えない？」

「見えねぇよ！　なんだよそれ！　バカじゃねえの！　バッカじゃねえのっ！」

杉崎君は驚《おどろ》くほど憤慨《ふんがい》していた。なんでこの人……こんなに、感情《かんじょう》を真《ま》っ直《す》ぐに表現《ひょうげん》出来るのだろう。ボクがポカンとしていると、杉崎君の怒《いか》りはボク自身にまで向いた。

「お前っ、それで、何も弁明《べんめい》しなかったのかよっ！」

「……そんなハズ、ないじゃない。そりゃ、『違《ちが》う』って言うよ」

「だったら……」

「だったら、何？」

「え？」

「既にそこまで信用落ちたボクの言葉、誰《だれ》が聞いてくれると思う？」

「………っ」

「そういう……ことだよ。でも、言い訳《わけ》はしない。ボクは、自分が、本当に弱いと思う。仮《かり》にあの学校に居《い》たのが杉崎君だったら、まず間違いなく、転校なんて逃避《とうひ》には至《いた》らなかったと思うし、それどころか、あの状況《じょうきょう》を簡単《かんたん》に逆転《ぎゃくてん》したと思う」

「そんなこと……。……なくは、ねえか。中学時代の俺ならまだしも」

杉崎君は謙遜《けんそん》しなかった。ボクは、ニッコリと微笑む。

「そうだよ。だから……ボクのそれは、やっぱり、ボクの責任《せきにん》。……だから……ボクには、本当に、杉崎君が眩《まぶ》しい。眩しいんだ」

「中目黒……」

杉崎君がボクを見る。ボクは……いざ杉崎君に見られると凄《すご》く照れ臭《くさ》くて……いたたまれなくて……自分が誇《ほこ》れなくて……目を、逸らしてしまった。

しかし、杉崎君は、今までは自分がボクから逃《に》げ気味だったくせに、こんな時だけ……卑怯《ひきょう》にも、しっかりとボクの正面に回る。

そうして……笑顔を見せてくれた。

「よくやったな、中目黒」

「え？」

キョトンとしたボクの頭を……杉崎君は、まるで子供《こども》でもあやすかのように、優《やさ》しく撫《な》でる。

「すげぇよ。偉《えら》いよ、お前」

「え、え、えぇ？　な、なに言って……」

「だってお前、自分の状況を打破《だは》するために、動いたじゃねえか。転校なんて……そんな勇気いる怖《こわ》いこと、俺にも出来ねぇよ。それも実家から離《はな》れて一人暮《ぐ》らし。並大抵《なみたいてい》の覚悟《かくご》じゃねぇ。それをお前は、そんな貧弱《ひんじゃく》な体で、立派《りっぱ》にやってのけたじゃねえか」

その言葉に。

ボクは……思わず、俯いた。目尻《めじり》に浮《う》かんだ涙《なみだ》を……見られたく、なかったから。

転校を切り出した時。

母さんは言った。「なにを軟弱《なんじゃく》なことを」と。

父さんは言った。「情《なさ》けないにも程《ほど》がある」と。

転校が決まった時。

教師《きょうし》は言った。「問題から逃《に》げてしまうのは、感心せんな」と。

生徒は笑った。「ほら、やっぱり」と。


でも……。

夕暮《ゆうぐ》れの中、杉崎君は、言い続ける。

「お前は凄い。滅茶苦茶《めちゃくちゃ》凄い。お前みたいに強いヤツ、なかなかいないぞ。普通《ふつう》は諦《あきら》めて身動きが取れなくなるところを、お前は、前に進んだんだ。そしてこの学校では、転校初日から、沢山《たくさん》友達を作った。こんなに凄いことはねぇ」

「そ、それは……この学園の人達が……二年B組の人達が、優しいから……」

「違《ちが》う。うちのクラスが最高なのは認《みと》めるが、流石《さすが》に、イヤなヤツと平気で仲良く出来るほど人間出来たのなんか、全くいないぞ。宇宙姉弟《きょうだい》だってそうだ。あいつら、あんなヤッらだからこそ、偽善《ぎぜん》で友達関係結んだりなんか絶対《ぜったい》しない。だから……今日友達たくさん出来たお前は、間違いなく、素晴《すば》らしい男なんだ。誇《ほこ》れ！」

「う……」

声を押《お》し殺す。

既《すで》に涙は、隠《かく》しきれないほどアスファルトに落ちている。

それでも、声だけは、押し殺す。

姉弟の気持ちが良く分かった。

バレバレの感情《かんじょう》を……ボクは、今、必死で隠している。それが……ボクの……ボクに残された、最後のプライド、だから。彼のクラスメイトとしての……プライド、だから。

杉崎君はボクの頭をぽんぽんと叩《たた》き、そして、ボクから顔を逸《そ》らした。……逸らして、くれた。

そして……大声で、叫《さけ》ぶ。

「どこの学校か知らんが、馬鹿《ばか》な学校めっ！　お前らは本日、貴重《きちょう》な人材を我《わ》が碧陽学園に明け渡《わた》したのだっ！　くくくっ！　これで我が校は、美少女だけでなく、健気《けなげ》な美少年まで網羅《もうら》したっ！　最早《もはや》碧陽に死角なしっ！」

「い、いや、杉崎君、それは流石に過大評価《かだいひょうか》っていうか、えと、凄《すご》く恥《は》ずか——」

「過大評価？　それがなんだ」

「え？」

杉崎君はそこでボクの手を取り、そして強い意志《いし》を湛《たた》えた目で、ボクを見据《みす》えた。

「今日から誰がなんと言おうと、中目黒善樹は『碧陽学園で一番健気な美少年』だ！　そういうキャラだっ！　異論《いろん》は認《みと》めない！　誰が認めなくても、生徒会が……いや、二年B組の全員が認めてやるっ！　二年B組の一存《いちぞん》で、お前は、今日から俺達のかけがえのない仲間だっ！」

「…………」

最悪だ。

折角《せっかく》……折角、さっきは、耐《た》え切ったのに。

思いっきり……杉崎君の正面で、涙を、流してしまいました。

＊

こうして、ボクの碧陽学園デビューは終わりました。

あの後、杉崎君はなぜか一人、「俺は一体……男相手に何を……」と激《はげ》しい自己嫌悪《じこけんお》に陥《おちい》っていました。なぜでしょう？　あんな素晴らしい言葉や行動のどこに、嫌悪する部分があるというのでしょう。

そう考えたボクが、「杉崎君は、とても素晴らしい人間です！　たとえ美少女が認めてくれなくても、このボクが……中目黒善樹の一存で、『世界で最も素敵《すてき》な男子』に認定《にんてい》してあげますっ！」と言ってあげたのだけど……。

どうも逆効果《ぎゃくこうか》だったみたいで、「うわぁああああああああ！　最早真冬ちゃんの妄想《もうそう》以上に加速気味の俺達っ！」と、なんか号泣《ごうきゅう》していました。相変わらず、杉崎君はちょっとだけ謎《なぞ》です。

そんなわけで、後日、「ウィンター」を名乗る一年生の後輩《こうはい》さんに、「杉崎先輩との出会いの思い出を是非《ぜひ》！」と頼《たの》まれたので、ボクはこうして、その日の……今でも鮮明《せんめい》に思い出せる素晴らしい初日を、小説形式で生徒会さんに寄稿《きこう》することと相成《あいな》りました。

この文章を読んでくれた人が、一人でも多く杉崎君の素晴らしさに気付いてくれたらいいなぁと、思います。彼はホント素晴らしいです。もう、杉崎教を作った方がいいんじゃないかと思います。ボクは、一生彼に尽《つ》くす所存です！

以上、私立碧陽学園二年B組の一員、中目黒善樹でしたっ！

【二年B組の一日】

「むにゃむにゃ……。……すぅ」

「…………」

授業中《じゅぎょうちゅう》。隣《となり》の席で杉崎君が穏《おだ》やかに眠《ねむ》っていた。が、ボクはそれを咎《とが》めることもなく、その無邪気《むじゃき》な寝顔《ねがお》を温《あたた》かく見守る。

数日一緒《いっしょ》にいて知ったことだけど、表面上はどうあれ、彼は基本的《きほん》にはとても真面目《まじめ》な人のようだ。休み時間はとっても騒《さわ》がしいのに、授業になった途端《とたん》、驚《おどろ》くほど顔つきを変えて先生の言葉を聞いていたりする。学年トップの理由が分かるというものだ。……ああ、やっぱり素敵《すてき》だなぁ、杉崎君は♪

そんな彼だけど、今は完全に呆《ほう》けてしまっていた。何故《なぜ》かと言えば……数学の先生が、なぜかすっかり脱線《だっせん》して、自分の武勇伝《ぶゆうでん》語りに入ってしまったからだ。杉崎君だけじゃなく、クラス全体がすっかり辟易《へきえき》してしまっている中、先生は自分に酔《よ》った様子で語り続けている。

だから、杉崎君が熟睡《じゅくすい》を始めてもボクは注意しないし、むしろ、先生の話よりは彼の寝顔を眺《なが》めている方が有意義《ゆういぎ》そうだった。

そう、思っていたのだけれど……。

「むにゃ……。……や、やめろよぉ、深夏ぅ。こんなところで……いや、ブルマプレイってお前……。いや、まあ、美味《おい》しくいただくけど」

「ていっ！」

「げふっ」

杉崎君のアレな寝言に、隣の深夏さんが即座《そくざ》に反応《はんのう》して脇腹に肘《ひじ》を入れた。杉崎君は一瞬《いっしゅんうめ》呻いたものの、しかし、それでも起きはしないようだ。深夏さんも、まるで日常茶飯事《にちじょうさはんじ》だとでも言うように、他のクラスメイトと小声で雑談《ざつだん》を継続《けいぞく》していた。

とりあえずボクも、杉崎君の寝顔観察を続けてみる。

「むにゃ……海はいいなぁっ！……くふふ」

どうやら夢《ゆめ》の舞台《ぶたい》が移《うつ》ったらしい。

「揺《ゆ》れる胸《むね》！ 小麦色の肌《はだ》！ 食《く》い込《こ》んだ水着！ 最高の海水浴日和《びより》だな！」

いや、それ、海は一切《いっさい》関係ないんじゃ……。

「あははっ！ まーてぇー！ あははは。あはははは」

どうやら誰かと追いかけっこしているらしい。……どうでもいいけど、寝顔でここまで幸福そうな顔する人、初めて見たよ。そんなに辛《つら》い現実《げんじつ》なのかな。

「まーてぇー！　まー……。いや、ちょ——。ま、待って、ちょ、ホントに！　いや、おい！　おーい！　ちょ、置いてかないでっ。……わぁ————————！」

なんか見捨《みす》てられてしまった上、大変なことになっているらしい。すんごく苦しげな顔をしている。お、起こした方がいいかな？

「う、うぅ」

あ、泣いた！　泣いてるよ！　夢で泣いてる！　リアルにも涙溢《なみだあふ》れてきてる！

「そ、そんな……。クジラのお腹《なか》の中に一人なんて……」

妙《みょう》にファンタジーも入り混《ま》じった夢だった。杉崎君……アダルトなんだか子供《こども》なんだか……。

「鼻は伸《の》ばさなかったのに……。海岸で違《ちが》うところ伸ばしたバツかなぁ。くすん」

夢でさえまさかの下ネタだった。深夏さんがクラスメイトと雑談したまま、ゴリッと頭を抉《えぐ》るように殴《なぐ》る。妙《みょう》に鈍《にぶ》い音がしたけど、それでも、杉崎君は起きなかった。

しかし、どうも、深夏さんの一撃《いちげき》は夢切り替《か》えスイッチの役割《やくわり》も果たしているようだ。

杉崎君は涙をぴたりと止めていた。

「むにゃ……。……会長、そんな企画《きかく》は……。むにゃ」

どうやら今度の舞台《ぶたい》は生徒会らしい。

「え、いや、ダメですよ。そんな……生徒の半数が死にますから……」

どんな企画なの⁉

「はい……そっちならいいです。……はい……。ブラならうちに沢山《たくさん》あるんで……」

なんで杉崎君の家に女性用《じょせいよう》下着が沢山あるの⁉　男の一人暮《ぐ》らしだったよね⁉　そして
それも、どんな企画⁉

「ち、知弦《ちづる》さん……ごめんなさい。許《ゆる》して下さい。そんな、やめ――ア――ッ！」

ブラ企画で怒《おこ》られたのだろうか。

「くすん……もう、お嫁《よめ》にいけない……」

いや、元からいけないと思うけど……男の子だし……。

「くそう、いつもいつも俺《おれ》はこんな……。下克上《げこくじょう》だっ！　いけっ！　スター○ラチナ！」

スタンド出したっ！

「オラオラオラオラオラオラオラオラオラオラ！」

ちょ、夢の中とはいえ女の子相手になにやってるの、杉崎君！

「ふ……コレが俺の実力ですよ、知弦さん。俺にかかれば、ダンボールを素早《すばや》く畳《たた》むこと
ぐらい、造作《ぞうさ》ないのです！」

それ、スタープ○チナ出してまですることなの⁉

「ふふふ……どうやら俺に惚《ほ》れ直したみたいですね。ちょ、そんな情熱的《じょうねつ》な……」

そう言いながら、現実の杉崎君は目を瞑《つぶ》ったまま、ペンケースにぶちゅーっと口付けをしていた。……あぁ、杉崎君……。流石《さすが》の深夏さんもこれには哀《あわ》れみの視線《しせん》を向けるだけで、叩《たた》かずに雑談に戻《もど》っていく。

「むにゃ……うふふ。なんだい、真冬ちゃん。嫉妬《しっと》なんて、かわいいなぁ」

今度は、深夏さんの妹さんが出てきたようだ。

「分かってる、分かってる。キミとも……え？　真冬ちゃんとじゃなくて、中目黒と？」

「へ？」

なんかボクの名前出てきた。首を傾《かし》げていると、杉崎君の表情がどんどん蒼白《そうはく》になっていく。

「ちょ、待って、いくら真冬ちゃんの頼《たの》みでも……。い、いや、だって、そんな……」

遂《つい》には脂汗《あぶらあせ》までかき始める杉崎君。どうしたんだろう？

「な、中目黒……お前までどうしてそんな乗り気で……。い、いや、やめろ。やめてくれ。俺はそんな趣味《しゅみ》は全然……。ちょ、バッ、そんな、あ――」

びくんと体を揺《ゆ》らす杉崎君。次の瞬間《しゅんかん》、彼がさっきまでキスしていたペンケースが床《ゆか》に落ち、ガシャンと音を鳴らした。それに反応《はんのう》したのか、杉崎君の目がパッと開く。

目の前には、心配そうに覗《のぞ》き込むボク。大丈夫《だいじょうぶ》かな？

杉崎君は……なぜか絶叫《ぜっきょう》した。

「いやぁああああああああ！　ケダモノぉおおおおおおおおおおおおおおおおお！」

…………。

結局二人で、廊下《ろうか》に立たされました。……どうしてボクまで？

＊

「いや、それにしても傑作《けっさく》だったなぁ、鍵」

「笑い事じゃねぇ」

休み時間。機嫌《きげん》よさげな深夏さんに対し、杉崎君はぶすっと返していた。いつものようにボクらの席の近くに集まってきた宇宙姉弟《きょうだい》も、ニヤニヤと笑っている。

巡さんが、嘆息《たんそく》気味に彼に訊《たず》ねた。

「それで、具体的にはどんな夢《ゆめ》見たのよ、杉崎」

「教えない」

「なによっ！　国民的アイドルが訊《き》いているんだから、教えなさいよ！」

「むしろお前にだけは教えたくねえよ！」

「な、なんでよ！」

「アイドルだからだよっ！　お前、うっかり全国放送で発表とかしそうだろこら！」

杉崎君の言葉に、巡さんは「うー！」と顔を赤くする。……ああ、相変わらず、物凄《ものすご》い恋愛模様《れんあいもよう》だなぁ、ここ。巡さんの空回《からまわ》りっぷりと、杉崎君の苦手意識《いしき》っぷりが、絶妙《ぜつみょう》な友人関係を演出《えんしゅつ》している。

そんな二人の傍《かたわ》らでは、これまた面白《おもしろ》い二人のやりとりが始まっていた。

守君が、ここぞとばかりに深夏さんにアピールしている。

「な、深夏！　こんなエロ野郎《やろう》には、いい加減《かげん》失望しただろ！」

「ん？　いや、別に。最初から見下しているからな、鍵のことは」

楽しそうにニカッと笑って杉崎君を見る深夏さんに、守君は複雑《ふくざつ》そうにしながら、続ける。

「そ、それはそれとしてっ！　やっぱり深夏は、硬派《こうは》な男が好みなんだろ！」

「おう！　当然だな！　ある意味少年漫画《まんが》の主人公こそ、理想の男だぜ！」

「な、ナンパな男なんて、論外《ろんがい》なんだろ！」

「勿論《もちろん》」

「えと……その、深夏！　オレ、一途《いちず》なんだ！　一度女を好きになったら、そいつのこと以外全然目に入らなかったりするんだぜ！」

すごくストレートだなぁ、守君。確《たし》かに、ある意味深夏さんとお似合《にあ》いかもしれない。

まあ、当の深夏さんはきょとんとしているけど。

「そうか。大変だな」

あ、流された。守君、涙目《なみだめ》だ。

「そ、それに深夏！　オレ、ほら……くっ……な、名前的にも能力《のうりょく》的にも、少年漫画の主人公っぽいだろ！」

あ、プライド捨《す》てて突《つ》っ込んだ！　名前とか能力とかいじられるのイヤなクセに！　守君……キミ、そこまで……。

しかし、守君の覚悟《かくご》は見事に玉砕《ぎょくさい》した。

「ん～、個人《こじん》的にはもっと強そうな名前の方がいいな！　空《くう》○承太郎《じょうたろう》みたいな！」

守君は「ぐっ」とダメージを受ける。……ボクしか知らないことだけど、さっきの杉崎君の寝言《ねごと》とのリンクといい、やっぱり、深夏さんと杉崎君って守君じゃ入り込めない何かがある気もしてくる。

しかし、守君は諦《あきら》めていなかった！

「で、でも、超能力は凄《すご》いだろ！　な、な、な！　す、杉崎には無いぜ、こんなの！」

バリバリ杉崎君に対抗意識《たいこういしき》燃《も》やしている。深夏さんはその勢《いきお》いに気圧《けお》され、「あ、ああ、そうだな」と苦笑《くしよう》気味に答えていた。

「でも別に、戦闘力《せんとうりよく》に一切《いっさい》関係ねーよな、守の能力……」

「うっ！」

「精度《せいど》も微妙《びみよう》だし、地味だし……」

「う、ううっ！」

「むしろ、一般人《いっぱんじん》でさえない分、逆《ぎやく》に脇《わき》キャラっていうか、雑魚《ざこ》っぽい？」

「う……ちくしょぉおおおお！」

守君は泣きながら教室の隅《すみ》っこへと走っていってしまった。ぶつぶつ、箒《ほうき》となにか話してる。守君、掃除《そうじ》用具とも話せるらしい。……なにその悲しい能力。

そして、深夏さん……容赦《ようしゃ》なさすぎるよ。残酷《ざんこく》だよ……相手の好意を知らないって、残酷すぎだよ……。

深夏さんはしばしきょとんとしていたけど、毎度のことなのか、すぐに切り替《か》えて再《ふたた》び雑談《ざつだん》に乗り出した。

「ところで、巡。最近よく学校来てるけど、仕事余裕《よゆう》あんのか？」

その何気ない質問《しつもん》に、杉崎君とまだ口論気味に喋《しゃべ》っていた巡さんが、ぴたりと止まり、どこか怒《おこ》った様子で深夏さんを振《ふ》り返る。……怖《こわ》い。

「あ、あら、深夏。何が言いたいのかしら。この……トップアイドルたる私に、仕事が、な、無いとでも？」

「い、いや、別にそうは言ってねぇけど。なんか休む頻度《ひんど》減《へ》ってきたなー、と」

「く……。べ、別に、干《ほ》されてたりするわけじゃないのよ！　わ、私が、自分の意思で、出来るだけ学校に来るようにしてるんだからっ！」

「なんで？」

「そんなの杉崎に会うために決まっているでしょうが！」

『…………』

杉崎君と深夏さんが無言になる。……こ、これはっ！　こんなところであっさり、二人に巡さんの気持ちがバレてしまうなんて！

巡さんも、自分の失言に気付き、「あ」と顔を真っ赤にしていた。……巡さん……それ、余計《よけい》に墓穴《ぼけつ》掘《ぼ》っているというか……。

そ、そんなことより、杉崎君だ！　彼は一体、どういう反応《はんのう》を——

「巡……お前……」

「うっ」

杉崎君が巡さんを見つめる！　こ、これは……ボクは今まさに、リアルな「あい○り」みたいな赤面場面に遭遇《そうぐう》しているのではなかろうかっ！

杉崎君は……ゆっくりと、巡さんに言い放《はな》った。

「巡……お前……。まさか、そんなに、俺のことが嫌《きら》いだったなんて……」

「——は？」

気が抜《ぬ》けた巡さんの表情《ひょうじょう》。その傍《かたわ》らでは、深夏さんが、杉崎君の意見に同調するかのように「うむうむ」と頷《うなず》いていた。

巡さんがすっかり混乱《こんらん》している。

「ちょ、え、なに、え？　いや、なんでそういう結論になるのよ！」

「いや、そこが巡の凄《すげ》ぇところだな。うん。この杉崎鍵、感服《かんぷく》したわ！　普通《ふつう》の『嫌い』だったら、単純《たんじゅん》に顔を合わせたくない。しかし……巡ほどまでに昇華《しょうか》すると、今度は、逆《ぎゃく》に顔を合わせて相手に攻撃《こうげき》してやらないと気が済《す》まない域《いき》にまで達してるようだな」

「…………えー」

「よし、分かったぜ、巡！　お前のその純粋《じゅんすい》な悪意……しかと受け止めた！　これからも、よきライバル……いや、よき怨敵《おんてき》としてよろしくな！」

「う……。うぅ、よ、よろ……よろしくだよこんちくしょ――――――！」

巡さんが泣きながら杉崎君と握手《あくしゅ》していた。……ああ、なんか、ボクも泣きそうだ。巡さん……不憫《ふびん》すぎる。宇宙姉弟《きょうだい》、残念すぎるよっ。

こうして、四人の複雑《ふくざつ》な恋愛関係がこじれにこじれるのを見守り、ボクは特に発言もしないまま満腹状態《まんぷくじょうたい》。それで休み時間はいつも終わる。リアル青春白書鑑賞会《かんしょうかい》だ。

ある意味このクラスの休み時間は、とても濃《こ》ゆいのだった。

＊

放課後。

「じゃあな、中目黒」

「また明日な、善樹」

「うん、ばいばい、二人とも」

初日こそ一緒《いっしょ》に帰った杉崎君だけど、あれからはずっと生徒会の仕事をしているから、ボクは教室で二人と別れる。残念だけど、これぱっかりは仕方ない。

しかしその代わりに……。

「よっし、帰るぞ、善樹！」

「帰るわよー、子分」

「……はい」

なぜかすっかり宇宙姉弟に気に入られてしまったらしく、今は毎日二人と一緒だ。ボクは……友達が出来たのでしょうか。それとも、新たなイジメの幕開《まくあ》けに遭遇《そうぐう》しているのでしょうか。巡さんなんか、既《すで》にボクのこと子分呼《よ》ばわりだし。……なんで？

杉崎君は勘違《かんちが》いしているようだけど、こうして放課後彼と会えず、そして宇宙姉弟の脅《きょう》威《い》に晒《さら》されることによって、ボクの杉崎君依存《いぞん》度は更《さら》に高まっていたりするのだ。ああ……杉崎君。ボクはもういっそ、ちょっとキミに恋焦《こいこ》がれてしまっていたりするよ。

校舎《こうしゃ》を出て帰路を二人に挟《はさ》まれつつ歩きながら、ボクは「そういえば」と首を傾《かし》げる。

「休み時間の話じゃないけど、巡さんは、仕事大丈夫《だいじょうぶ》なの？」

そのボクの質問《しつもん》に、巡さんはピキッと血管を浮《う》き上がらせる。あ、やば。

「善樹。あんたまで私を……私を落ち目だと言うのね！」

「い、言ってない、言ってない！」

胸座《むなぐら》を摑《つか》んでぐらぐらと揺《ゆ》らされる。あ、なんか前の学校でのイジメがフラッシュバックしてきた……。

「私は……私は落ち目じゃなぁあああああい！」

「うぅ……ぐす……。ごめんなさい……ボクが……ボクが全部悪いです……」

「ちょ、姉貴《あねき》、善樹！　なんでお前らそんなことになってんの⁉」

狂《くる》ったように叫《さけ》ぶ巡さんとぺこぺこ泣きながら謝《あやま》るボクにびっくりして、守君が止めに入る。二人を引き離《はな》すように体を割《わ》り入れ――

「うっ！　意識《いしき》が流れ込《こ》んで……。……わぁああ⁉　色んな負《ふ》の感情《かんじょう》が同時アクセスして来たぁ！　なにこれ！　お、おえぇええ」

と、いうわけで。

五分後、そこには、ぜぇぜぇと息を吐《は》いて路上に座《すわ》り込む三人が出来上がっていた。

「と、とりあえず、落ち着きましょうか」

「そ、そうだな、姉貴」

「そ、そうだね……」

三人、すぅはぁと深呼吸《しんこきゅう》。……だ、だからいやなんだ、宇宙姉弟と一緒に行動するの。

ある意味、前の学校の時より遥《はる》かに疲《つか》れるよ。

一旦《いったん》落ち着いたところで、ボクは誤解《ごかい》を解《と》いておくことにする。

「あの、ボクが巡さんに言いたかったのは、落ち目とかじゃなくてっ。その、ここ田舎《いなか》だし、芸能界《げいのうかい》で仕事してるのにちゃんと学校来て、放課後もこうやって余裕《よゆう》あるみたいだし、一体いつ仕事してるのかなと……」

ボクのその疑問《ぎもん》に、巡さんは、「ああ」と疲れたように息を吐く。

「前は学校休んで上京してたけど、今は、週末や休日にガーッと仕事してくるようにしてるのよ。ふふふ……私ぐらいになれば、もう、私のスケジュールで全《すべ》てが動くのよ」

「そ、そうなんだ」

「ほ、干《ほ》されかけてなんかないんだからねっ！　生意気だからって、ちょっとハブられてたりなんかしないんだからねっ！」

「やっぱり業界内の評判《ひょうばん》は悪いんだね……」

「い、いいのよ！　杉崎の目にさえ魅力《みりょく》的に映《うつ》れば！」

「今のところその杉崎君から一番敵視《てきし》されてるみたいだけど……」

「…………。…………。…………。……金持ちだからいいんだもん」

逃《に》げたっ！　現実逃避《げんじつとうひ》だっ！　体育座りで明後日《あさって》の方向見てる！

守君が溜息《ためいき》を吐《つ》いていた。

「ったく……。姉貴がさっさとアイツとくっついてくれりゃあ、深夏も……」

「ん？　守君、それ、ちょっと違《ちが》うんじゃない？」

「へ？　なにがだ、中目黒？」

「いや、だって、杉崎君ってハーレム形成しているんだよね？　巡さんが射止《いと》めても、結局ハーレムの一員になるだけで、深夏さんは相変わらず杉崎君といい感じなのでは……」

「…………。……くっ！　許《ゆる》すまじ、杉崎鍵！」

今更《いまさら》だけど、どうしてこの姉弟《きょうだい》は、杉崎君とそれなりに仲いいのだろう。とても不思議だ。

守君が闘志《とうし》をメラメラと燃《も》やしている中、唐突《とうとつ》に、巡さんが「仕方ない！」と立ち上がった。

「作戦会議よ！　守、善樹！　杉崎を私が落とすための！」

「ボク、帰りたいんですけど……」

びっくりするほど関係ないですし、宇宙姉弟の恋《こい》。

しかし、巡さんは許してくれなかった。

「ダメよ！　姉と弟がヒソヒソ路上で作戦会議しても絵にならないでしょう！　アイドルたる私を中心に、冴《さ》えない男二人がこき使われてこそでしょう！」

「なんですかそのタッ○コプロ的図式」

「杉崎と私がくっついたら、皆《みんな》ハッピーじゃない！」

「ある意味驚《おどろ》きの展開《てんかい》ではあると思います」

「うふふ……フライデーされてやるわよ……うふふ……」

「それが夢《ゆめ》な芸能人ってどうなんですか。っていうか、もう、ボクに隠《かく》す気さえないんですね、杉崎君を好きなこと」

「それどころか、ブログでの妊娠報告《にんしんほうこく》で、ファンどもを絶望《ぜつぼう》の底へと叩《たた》き落としてやるわっ」

「ファンになんの恨《うら》みがあるんですかっ！　恩《おん》を仇《あだ》で返すとはこのことですねっ！」

「記者会見では『結婚《けっこん》しても、私はいつまでも皆の巡だからね☆』って言うけどね」

「外道《げどう》ですね」

「その後、娘《むすめ》を出産。『杉崎きらり』と命名」

「バリバリ二世アイドルになりそうな名前ですね！　レボリューションですね！」

「私はヌード発表」

「なぜそのタイミングで⁉」

「ふふふ……娘が出来てマンネリな夫婦間《ふうふかん》に刺激《しげき》を与《あた》えるのよ」

「基本的《きほんてき》に自分と杉崎君のことばっかりですね」

「老後は杉崎と二人、娘の稼《かせ》ぐ金で穏《おだ》やかな老後を送るのよ！」

「凄《すご》い人生設計《せっけい》だ！　社会を驚くほど甘《あま》く見ている！　これがアイドルかっ！」

「そんなわけで、作戦会議よ。まずは杉崎を落とさないことには、何も始まらないわ」

「一番重要な基盤《きばん》がまるで手付かず！」

ボクと守君はげっそりと嘆息《たんそく》する。……ああ、こんな姉を持つ人生も、大変なんだろうなぁ。

とりあえず人の邪魔《じゃま》にならないところまではけて、夕暮《ゆうぐ》れの路上で作戦会議が始まってしまった。……帰りたい。

「そもそも、私、容姿《ようし》的には既《すで》に満点だと思うのよ」

「はぁ」

「……善樹」

「満点です」

怖《こわ》い顔をされてしまったので、慌《あわ》てて答える。隣《となり》では守君もこくこくと何度も頷《うなず》いていた。ああ……ボクら本格的《ほんかく》に子分ですね、これ。

「こほん。実際《じっさい》アイドルやっているわけだし、これは絶対」

「まぁ……」

確《たし》かに、巡さんは可愛《かわい》い。それは認《みと》める。生徒会の四人の可愛さも凄いけど、でも、それに比《くら》べても遜色《そんしょく》無いぐらいには、彼女も綺麗《きれい》な容姿はしていると思う。

巡さんは「むむぅ」と腕《うで》を組んでいた。

「おかしいわね……。杉崎は美少女好きなんだから、私に食いつかないハズないんだけど……。どこがダメなのかしら」

「どこって、そりゃ、性格《せいかく》がまるでダ――」

とそこまで守君が発言したところで、彼は遥《はる》か後方に吹《ふ》き飛ばされてしまっていた。ひらりと巡さんのスカートが舞《ま》う。……速くてまともに視認《しにん》出来なかったけど、どうやら、回し蹴《げ》りを喰《く》らったようだ。…………。ガクガクガクガク。

「ねえ、善樹は、どう思う？」

「あ、う。……め、巡さんには、全く問題無いと、お、思います」

「そうよねぇ」

ニコリと笑う巡さん。……母さん、父さん。善樹はやっぱり、弱い子です。この学校でも、早速暴力《さっそくぼうりょく》に屈《くっ》してしまいました。

「じゃあ、どうして杉崎は私を好きにならないのかしら」

「そ、それは……」

な、なにか答えないとっ！

「え、と。せ、生徒会メンバーを研究したら、彼の嗜好《しこう》がより詳《くわ》しく分かるんじゃないでしょうかっ！」

「む。それは一理あるわね」

ほっ。とりあえずうまくかわせたようだ。守君も、肩《かた》からパラパラコンクリート片《へん》を落としながら戻《もど》ってきた。……どこに、どれほどの勢《いきお》いでぶつかったんでしょうか。そして、なぜ無傷《むきず》なのでしょうか。……怖いので真相は確認《かくにん》しないですけど。

戻ってきた守君に、巡さんは早速命令を下す。

「守！　ちょっと、生徒会室を覗《のぞ》いてみなさい！　透視《とうし》で！」

「ええっ！　なんでオレがそんな男らしくないまね――」

「深夏と杉崎が二人きりかもしれないわね」

「ハッ！　見えた！」

早っ！　男らしさ捨《す》てるの早っ！

「どう？」

巡さんが訊《たず》ねると、守君は「ううむ」と目を瞑《つぶ》りながら唸《うな》った。

「五人でなんか会話してる……。……あ、杉崎がっ！」

「ど、どうしたの⁉」

「深夏に抱《だ》きつこうと——して、蹴られた。う、うわ、生徒会中からフルボッコだ！」

「なんでそんな女子達が好きなのよ、杉崎はっ！」

「ああ、泣いてるよ、杉崎……。ちょっと可哀想《かわいそう》かもしれん……」

「あんたが同情《どうじょう》するぐらい酷《ひど》い扱《あつか》いなのねっ！」

「って、また懲《こ》りもせず……ああ、今度は総《そう》スカンだっ！　ガン無視だっ！」

「だから、なんで杉崎はそんな女子達が好きなのよっ！」

「すげぇ！　アイツ、それでも全く反省してねぇよ！　また水着がどうとか発言してるよ！」

「ある意味鉄の意志《いし》ねっ！」

「…………ちょ、や、流石《さすが》にそれはやりすぎじゃ……。……あ、死んだ」

『死んだの――――――――――――――――――――!?』

　ボクと巡さんが絶叫《ぜっきょう》する。守君はパッと目を開くと、いやぁと返してきた。

「ごめんごめん。透視失敗。オレ、明日の出来事見ちゃってたわ。大丈夫《だいじょうぶ》、杉崎はまだ死んでない！　今の、ただの未来の映像《えいぞう》だから！」

「明日死ぬんじゃん！」

「うん、まあ、胸《むね》にぱっくり穴《あな》が開いてしまっていたし……」

「魔《ま》○光殺砲《こうさっぽう》でも喰《く》らったの!?」

「それどころか、瓶《びん》に詰《つ》められた上、最後はぱっくり飲み込《こ》まれてた」

「誰《だれ》に！　生徒会の誰がそんなことを！」

「なんか、頭に触覚《しょっかく》生えてて、肌《はだ》が緑色の人」

「そんなヤツ生徒会にいないわよ――――！」

「あれ？」

　守君は首を傾《かし》げていた。……ああ、例の「微妙《びみょう》」な部分か、これ。巡さんもそれに気付いたようで、「どうやら、正確なのは途中《とちゅう》までのようね……」と納得《なっとく》していた。……ほっ。

　杉崎君、死ななくて良かった……。

　巡さんが仕切りなおす。

「ともあれ。私は重大な情報《じょうほう》を摑《つか》んでしまったわ」

「え？　今ので分かることあったの？」

そうして……。

ボクと守君は首を傾げる。巡さんはふふんと不敵《ふてき》に笑った。

この日、巡さんはとある大胆《だいたん》な作戦を発案して、早速翌日《よくじつ》それを実行しようと意気込むのであった。

……ボクと守君は、絶対失敗すると分かっていた、その作戦を。

＊

翌日。

「杉崎、おはよっ！」

「ん？　ああ、巡、おはよう……って、ぐはっ!?」

朝。ボクの目の前で、巡さんは唐突《とうとつ》に杉崎君の鳩尾《みぞおち》に拳《こぶし》を叩《たた》き込んだ！　その表情は実にニコやかだっ！

事情を知るボクと守君以外のクラスメイト達がざわつく中、杉崎君はげほげほと咽《むせ》ながら、上目遣《うわめづか》いに巡さんを見る。

「巡……お前……なんで……」

しかし杉崎君の疑問《ぎもん》などにはお構《かま》いなしに、巡さんの「攻撃《こうげき》」は続く。

「今日も爽《さわ》やかな快晴《かいせい》ねぇ、杉崎！」

そう言いながらも、笑顔《えがお》で関節技《かんせつわざ》を決める某《ぼう》アイドルM。

「ぐぎゃあっ！　な、なんなんだよ！　なんで出会い頭にこんな……」

「今日も張《は》り切って勉強しようね☆！」

「な、ちょ、わぁあああああ!?」

まさかの巴投《ともえな》げで、杉崎君が後方の机《つくえ》にがしゃあんと突っ込んで行く。……ああ、杉崎君……。何もしてあげられないボクを許《ゆる》して下さい。

いつも彼をどついている深夏さんさえ引きつる光景の中、しかし巡さんはまだニコニコと笑顔で杉崎君に近付いていく。彼は、とても怯《おび》えた目をしていた。

「ひぃっ！　な、なんなんだよ。なんでこんなことになってんだよぉ」

「杉崎♪　あーそーぼっ！」

「ひ、ひぃぃぃぃぃ！」

怖《こわ》い！　傍《はた》から見ているだけでも怖い！　ボクが今まで見てきたどの恐怖映画《きょうふえいが》よりも怖い！　理不尽《りふじん》な暴力《ぼうりょく》とは、ここまで怖いものだったのか！　二年B組はいまや、恐怖に支《し》配《はい》されていた。

「ぐぎゃあああああああああああ！」

メキメキと、何か人体から鳴ってはいけない音がする。ボクを含《ふく》め、クラスメイト達はもう見てられないと目を逸《そ》らしていた。

「ちょ、誰か助け――」

「す、ぎ、さ、き☆」

「え、うそ、まって、そっちの方向には曲がらな――」

ゴキゴキゴキゴキゴキ！

「め、ぐ、る……お前……そこまで俺のことを……」

「いやぁん☆」

ベキベキベキベキベキ……グリン！

「か……は……。俺の物語……まさか外伝で……終わる、のか」

「きゃはっ」

ビゴォォォォオン！……って、え？　なにこのビーム発射《はっしゃ》したみたいな音！

怖いから見ないけど。

「目が……目がぁあああああ！」

「見て！　杉崎がゴミのようだよ♪」

「もう何も見えねぇんだよぉぉぉぉお！　そして見たくもねぇ、そんな自分！」

「あ、とれちゃった」

「あああああああああ！」

何が！　何がとれたの！　杉崎君っ、杉崎君！

二年B組の皆《みんな》はしかし、自分にとばっちりが来ないように、既《すで》にわざとらしく雑談《ざつだん》さえ始めていた。後ろの方は、視界《しかい》からはずしながら。

ボクは守君と視線を合わせる。——と、彼の微妙《びみょう》な能力《のうりょく》の一つ、テレパシーでボクの脳《のう》内《ない》に彼の声が響《ひび》く。ちなみにこの能力の微妙なところは、半径五メートル以内しか送受信出来ないところらしい。……なにその旧《きゅう》世代のトランシーバー的性能《せいのう》。

（予想通りの結果になったな……善樹）

（そうだね……）

（まさか昨日の情報《じょうほう》から、杉崎がマゾだと判断《はんだん》して、積極的に痛《いた》めつければ自分に惚《ほ》れると思い込むとは……。我《わ》が姉ながら恐《おそ》ろしい女だぜ）

（どうして杉崎君は巡さんを攻略《こうりゃく》しようとしないのか、よぉく分かったよ）

（だろ。お前も用心しろよ、アレには。アイツの思い込みの激《はげ》しさは、ある意味において

杉崎のそれを凌駕《りようが》するぞ）
そこで、テレパシーは切れる。
背後《はいご》からはまだ、巡さんの楽しそうな声と、杉崎君の断末魔《だんまつま》が聞《き》こえていた。

こうして、今日もまた二年B組の一日が始まる。

騒《さわ》がしくて異常《いじよう》で落ち着かなくて。

（でも……）

クラスメイト達を見渡《みわた》す。皆、表情は巡さんに怯えながらも……どこかで少しだけ、楽しそうに微笑《ほほえ》んでいた。

そう……。

今日もこのクラスは、相変わらず、温《あたた》かいのだった。


「ぎぃぃぁあああああああ！…………がくり」

「杉崎？　あれ？　杉崎？　なに寝《ね》て——あ、脈《みやく》無い」

（お、善樹！　オレの未来予知、なんか当たったみたいだぞ！）

……えっと、温かいじゃ済《す》まないこともたまに起こるけどねっ！

【二年B組の一員】

「そろそろ告白を本格的《ほんかく》に行ってみようと思う」

昼休み、杉崎君がまた突飛《とっぴ》なことを言い出した。ちなみに、今彼の周囲に集まっているのはボクと宇宙姉弟《きょうだい》だけだ。深夏さんは、体育館に体を動かしに行ってしまった。

「ちょっと、今度はなんなのよ。またナンパなこと思いついたんでしょう」

巡さんはかなり不機嫌《ふきげん》そうだ。

杉崎君は「失礼な」と憤慨《ふんがい》していた。

「この俺《おれ》が今まで一度でも、ナンパな行動なんてしたことがあるかっ！」

「むしろ誠実《せいじつ》な行動を見たことの方が少ねぇよ！」

守君が全力でツッコムも、杉崎君は「これだから守は」と呆《あき》れるばかりだった。

「お前には分からないだろうな……この、複数《ふくすう》の女の子を同時に全力で愛せる俺の偉大《いだい》さが！」

「分かりたくもねぇよ！」

「そんなわけで、俺は今日の放課後、深夏にアタックしてみようと思う」

『な――』

宇宙姉弟が絶句《ぜっく》する。……ああ、相変わらず前途多難《ぜんとたなん》な恋《こい》だなぁ、この姉弟。

口をパクパクさせてしまっている二人に代わり、ボクは詳細《しょうさい》を訊《たず》ねてみる。

「それで、どういうことなの？　深夏さんへのアタックだったら、杉崎君、日常的《にちじょう》にやっているじゃない。それこそ今更《いまさら》告白もなにも……」

「ふ、甘《あま》いな、中目黒。普段《ふだん》のアタック……あんな軽薄《けいはく》な言葉は告白なんかじゃない！」

「いや、なんでそれを自信満々に言い切るの……」

「つまり、ふと気付いたんだが、俺は、まだ、生徒会メンバーに対して『シリアスな場面、いいムードでの告白』を行ってないんじゃないか？」

「今頃《いまごろ》気付くようなことなの、それ……」

「自慢《じまん》じゃないが、今までの俺の告白は、いや、確《たし》かに本音《ほんね》は本音だったんだが、どうも相手に『私も……好き！』と言わせられる雰囲気《ふんいき》じゃあなかった気がするんだ」

「？　あれ？　杉崎君、生徒会はハーレムだと言ってなかった？　ボク、なんだかんだ言って、生徒会の女の子達と杉崎くんは気持ちを伝え合っているものだとばっかり……」

まあ、深夏さんの態度《たいど》はそうは見えなかったけど。

杉崎君は汗《あせ》をダラダラかき始めていた。

「う、うん……み、深夏以外は、ラブラブなんだけどな！」

「そうなんだ。あ、だから、今日こそ深夏さんに気持ちを伝えるんだね」

「えと……ま、まあ、そういうことだ。そこでこの昼休みのうちに作戦を練《ね》ろうと思う。どういうシチュエーションなら深夏を落とせるか。皆《みんな》、はりきって案を出してくれ」

「…………」

その議題を……ボクらに掲《かか》げますか。

ボク↓杉崎君大好き。いつも一緒《いっしょ》にいてほしいなっ。

巡さん↓杉崎超《ちょう》ラブ。絶対結婚《けっこん》してやるっ！……どんな手段を用《もち》いても、絶対。

守君↓深夏一筋《ひとすじ》！　杉崎には負けない！……男らしさを捨《す》て超能力《ちょうのうりょく》を使ってでも勝つ！

『…………』

この世で最もこの議題を話し合いたくない三人でした。

全員で黙《だま》り込《こ》んでいると、杉崎君がキョトンとする。

「およ？　どうした皆。友人なら、バシバシ意見を出せよ～」

『…………』

三人で目配せする。守君が、ボクらの間にだけテレパシーを起動してくれた。

（姉貴、善樹。一つ提案《ていあん》なんだが……ここは、杉崎に本気で協力してみないか？）

（！　な、どうしたのよ！　狂《くる》ったか、我《わ》が弟よ！）

（ど、どうしたの、守君！　そんなこと言うなんて！）

（まあ聞け、二人とも。……お前ら、普段の杉崎と深夏のやりとりを見ていて、本当に、告白が成功すると思うか？）

（…………。……ないわね）

（……いつものノリにはなりそうだよね。深夏さんが杉崎君を殴《なぐ》って……）

（だろう。づまり、ここは、いっそ杉崎を後押《あとお》しして、自信満々で告白に臨《のぞ》ませて、そこを深夏にズバッと斬《き》ってもらうのがいいんじゃねえかな！　リアルな告白だけに、むしろ、二人の絆《きずな》に亀裂《きれつ》の入る可能性《かのうせい》高し！）

（！　守……あんた、なんて策士《さくし》なの！）

（す、凄《すご》い！　深夏さん絡《がら》みになると途端《とたん》に男らしくないよねっ、守君！）

（ああ……って、気になるところはあるが……。とにかく、その作戦でいくぞ！）

（ラジャー！）（ラジャー！）

　と、いうわけで。

「ん？　どうした、三人とも。黙り込んで」

　杉崎君の質問《しつもん》に……とりあえず僕らは、全力で答えてあげることにする。

まず、守君が動いた。

「そうそう、杉崎。校庭の隅《すみ》のあの樹《き》のこと知ってるか？」

「樹？　ああっ、あの伝説の樹のことかっ！　その樹の下で告白して結ばれた二人は、永《えい》遠《えん》に幸せになれるというっ！」

「そう！　あの、ＰＣエン〇ン時代ぐらいに出来たであろう、伝説のことだっ！」

「ふむ……あの場所で告白、か。朴念仁《ぼくねんじん》の守にしてはいい案だが……。しかし、あれは確《たし》か、女側からの告白じゃないと駄目《だめ》だったんじゃないか？」

「そ、そうだったか？」

「ああ。まあ、俺のパラメーターは確かに既《すで》にオールマックスさ。今ならしおりちゃんだって軽々落とせるだろうさ。しかし……深夏に告白を強制《きょうせい》するのは、中々難《むずか》しいだろう」

「そ、そうだな。……じゃ、じゃあ！」

「なんだ？」

「いっそここは、王道で行くのがいいんじゃねえか。小賢《こざか》しいことすると、かえって真剣《しんけん》味《み》が失われてしまうと、オレなんかは思うが」

「む、守らしい意見だな。しかし、一理ある」

「下駄《げた》箱《ばこ》に手紙入れたり……」

「妙《みょう》に乙女《おとめ》ちっくだな、お前」

「海岸で『好きだぁー！』って叫《さけ》んだり」

「お前の感性はいちいち昭和だな」

「雪合戦のボールの中にネックレスを仕込むのもいいな」

「貴様《きさま》やはり韓流《はんりゅう》好きかっ！　そして今は夏なんだがっ！」

「折角《せっかく》北国なんだから、これを利用しない手はないだろ。例《たと》えばほら、戦争の道具として縦横無尽《じゅうおうむじん》の活躍《かつやく》を見せる深夏を、それでも愛し続ける的な」

「どこの最終兵器な彼女だよ。っていうか、その状況《じょうきょう》を作れってか！」

「あとは……そうだな。極寒《ごっかん》の地にやむなく杉崎は深夏に置き去りにされるんだが、一年後、深夏がその地に戻《もど》ると、今でも生きていた杉崎と感動の再会《さいかい》を……」

「俺人間なんですけど！　毛むくじゃらの生き物と違《ちが》ってすぐ凍死《とうし》すると思うんですけどっ！」

「く……オレの思うロマンチックなシチュエーションは出《で》尽《つ》くしてしまったぜ……」

「どんだけ偏《かたよ》ってんだよ、お前の知識《ちしき》！」

守君が引き下がってしまう。しかし、それをフォローするように、巡さんが立ち上がった！

「だったら、夜景の綺麗《きれい》なホテルでシャンパンを傾《かたむ》けながらがいいんじゃないかしら！」

「大変ロマンチックだが、俺と深夏が高校生であるという前提が既《すで》に忘《わす》れさられてないか？」

「そ、ソフトドリンクでも可！」

「それ以前に、この田舎《いなか》のどこにそんなスポットが？」

「私が羽田へのチケットを手配してあげてもいいわよ！」

「放課後、俺、どこまで呼《よ》び出してんだよ……。ついてこんだろ、普通《ふつう》」

「く、クロロホルムの使用も可！」

「可じゃねえよ！　誰《だれ》の許可《きょか》だよそれ！」

「もういっそ、ギアスで命令したらいいんじゃないかしら。『俺を好きになれ』と」

「果てしなく虚《むな》しいよ！　ある種のバッドエンドだろ！」

「く……」

一瞬《いっしゅん》巡さんが引きかける。しかし、彼女は踏《ふ》みとどまった！

「そうよ！　杉崎、私と一緒《いっしょ》にテレビ出ましょう！　生中継《なまちゅうけい》で告白よ！」

「お！　それはなんかいいな！　俺らしいっていうか、生徒会らしいっていうか！」

「ええ、二人で言いましょう！　『私達結婚《けっこん》します』って！」

「なんでお前と二人で婚約報告《ほうこく》なんだよ！　なんのイヤガラセ⁉」

「あ、間違《まちが》った。つい願望を……。こほん。じゃあ、深夏に向かって杉崎一人で告白すればいいじゃない」

「最初からそのつもりだ！」

「『俺、お前のこと愛してた……。じゃあなっ！　行ってくる！』って」

「俺、死亡《しぼう》フラグ立ててどこ行ったんだよ！　普通に告白させろよ！」

「えぇー。業界通の私から言わせて貰《もら》えば、それじゃ今ひとつドラマがないわよ」

「必要以上のドラマはいらねえよ！」

「告白直後、わ、私とキスしてみる？」

「どんな不誠実《ふせいじつ》な告白だよ！　そして、なぜそれで深夏が落ちると思う！」

「いや、こう、ほら、嫉妬《しっと》で……」

「嫉妬以前に失望するわっ！　告白がマトモに受け取って貰えないわ！」

「じゃあ、ユー、そのまま私と電撃《でんげき》結婚しちゃいなYO！」

「なんで⁉　既《すで》に目的入れ替《か》わってね⁉　そして巡、お前、そこまで俺をいじめぬきたいのかっ！　この外道《げどう》がっ！」

「ここまで言ってもそういう解釈《かいしゃく》されるのね、私の告白は！」

巡さんと杉崎君がいつものように激《はげ》しく口論《こうろん》していた。……なんでこの二人はこうまで殺伐《さつばつ》とするのだろうなぁ。

しかし……そういえば、そもそも、どうして巡さんは杉崎君に惚《ほ》れているのだろう？

なんか、普通に考えれば、この光景からも分かるように、この二人っていがみ合う関係が似合《にあ》っているというか……杉崎君の対応《たいおう》が自然な気がする。

ボクが首を傾《かし》げていると、それを察知したのか、守君がテレパシーで説明してくれた。

（ああ、オレと巡は去年も杉崎と同じクラスでさ。んで、お前の想像《そうぞう》通り、冬ぐらいまでは普通に杉崎と姉貴《あねき》は敵対《てきたい》関係にあったんだ。杉崎も、去年は、今ほど美少女好きでもなかったからな。フッーにいがみ合ってた）

（？　じゃあなんでこういうことに？）

（ちょっと長くなるが……。去年の十二月、丁度《ちょうど》姉貴は芸能界《げいのうかい》でブレイクし始めて、かなり忙《いそが》しくなっててさ。んで、姉貴はああいう性格《せいかく》だから、ある時ぶちキレちまってな。迎《むか》えに来たマネージャーから逃《に》げて、行方《ゆくえ》くらましちまったんだ。そして警察《けいさつ》まで頼《たよ》る事態《じたい》になった。なにせ、一日経《た》っても時のアイドルが帰ってこないんだからな）

（あ、分かった。その時助けたのが杉崎君なんだね）

（ブブー。不正解《ふせいかい》。結局姉貴は、ちゃっかり温泉《おんせん》に偽名《ぎめい》で宿泊《しゅくはく》して三泊《ぱく》、四日目にケロッ

と帰って来たよ。それでおしまい。その三日間、杉崎と姉貴に接点《せってん》は一切《いっさい》ない）

（え。それじゃあ……）

そこまでやりとりしたところで、再《ふたた》び二人の口論が耳に入ってくる。

「だから、なんでさっきから最終的に深夏じゃなくて俺とお前が結ばれる結末ばっかりなんだよ！　俺の相談の趣旨《しゅし》理解してるか？」

「ええ。私と結ばれたいのよね？　このトップアイドルたる私とっ！」

「だーかーらー！」

二人の噛《か》みあわない会話を見つつ、ボクは守君とのやりとりを再開《さいかい》する。

（ここに恋愛感情《かんじょう》が発生する理由が分からないんだけど……）

（まあ、やりとり自体は去年から全然変わらねぇよ。ただ、姉貴の杉崎に対する感情が一八〇度変わっちまっただけだ。感情は変わっても、態度や関係は変えられないみたいだがな）

（でも、別に杉崎君と何かあったわけじゃないんでしょ？　どうして……）

（確《たし》かに、あの騒動《そうどう》の時、姉貴は最後まで杉崎に会わなかった。それどころか、悠々自適《ゆうゆうじてき》に温泉で遊んでいただけだった。だけど……杉崎の方は、ちょっと違ったんだ）

（え？　それって……）

そこで一瞬《いっしゅん》、テレパシーは途切《とぎ》れ。そして……どこか尊敬《そんけい》を込《こ》めたような雰囲気《ふんいき》で、守君は伝えてきた。

(ヤロウ、三日三晩徹夜《ばんてつや》で姉貴を捜《さが》してやがったんだよ。冬の極寒《ごっかん》の中をだぜ。ただのクラスメイト……それも、リアルに仲の悪い相手だったってのにな。それどころか、姉貴が見つかった後、学校で普通《ふつう》に再会《さいかい》して以降《いこう》も、全然そんなこと言いやがらなかった。いつものように姉貴とケンカして、何事も無かった風にしてやがった)

(…………)

杉崎君を見る。驚《おどろ》くとともに……「らしいな」と思った。ああ……杉崎君はやっぱり、昔っから杉崎君なんだなぁ。

(んで後々、とある知り合いからその情報《じょうほう》が姉貴のところに入ってきてな。それで……)

(ああ……それは、惚れても無理ないよね)

(特に姉貴、元々ああいう……他人の善意《ぜんい》とか基本《きほん》的に信じない意地汚《きたね》ぇ性格《せいかく》してるからさ。俺や家族以外……ほぼ初めて触《ふ》れた、無償《むしょう》の愛ってヤツだったんだろうさ。悔《くや》しいけど、その点においてだけは、オレも、アイツのこと尊敬してるよ)

ああ……そうか。なんだかんだいって守君が杉崎君と友人であり続ける理由も、これでようやく理解できた。

なんだ……このグループのこと、複雑《ふくざつ》な関係だなんて思っていたけど。違《ちが》った。全然違った。単純《たんじゅん》だった。とても……単純だった。

なんだ。

結局皆《みんな》、杉崎君が大好きで、彼の周りに集まっているだけなんじゃないか。

ボクや巡さんは勿論《もちろん》、深夏さんも守君も。単純に……皆、彼の傍《そば》に居《い》たいだけなんだ。

ある人は彼に目標を見つけ。

ある人は彼に安らぎを見出《みいだ》して。

そうやって、集まっているだけ。それは、二年B組だけじゃなくて、多分、生徒会も同じ。そして……。

(ああ……そっか。ボクはやっぱり……弱かったんだなぁ)

ボクは確かにいじめられていた。自分ばっかりが悪かったとは今でも思わない。

でも……自分を認《みと》めさせる手段《しゅだん》は、多分、まだまだ沢山《たくさん》あった。杉崎君はそれを無意識《むいしき》に片《かた》っ端《ぱし》から行える人間で、ボクは、それに思い至《いた》れない人間だったのだろう。

強く……なりたいなと、思った。悔しいなって。どうしてかは分からないけど……とにかく、なんか、悔しいなって思った。

宇宙姉弟《きょうだい》にあきれ返った杉崎君が、ボクに意見を求めてくる。

「ったく。なあ、中目黒。お前はなんかいいアイデアあるか？」

「ボクは……」

………。

ボクも、変わらないと。当《あ》たり障《さわ》りの無い言葉を言って、傍観者《ぼうかんしゃ》でいて、常識人《じょうしきじん》を気取っているだけじゃ……多分本当の意味で、二年B組の一員じゃ、ないから。

ボクは……。

ボクは、ニヤリと、少しだけ意地悪な笑《え》みを杉崎君に向けた。

「そうだね……。うん、杉崎君」

「なんだ？　なんかいい案あるのか？」

「うん、熊《くま》に襲《おそ》われたかのような瀕死《ひんし》の重傷《じゅうしょう》状態《じょうたい》で告白したらいいと思う！」

ボクの回答に、杉崎君も宇宙姉弟もポカンとする。ボクが、こういう変な回答をするとは思っていなかったのだろう。

ボクは少し恥《は》ずかしかったけど……皆を見習って、そのまま突《つ》っ走ることにする！

「つり橋効果《こうか》だよ、杉崎君！　危険《きけん》な状態のドキドキを、恋《こい》のそれと勘違《かんちが》いさせるんだよ！」

「い、いや、中目黒。それ、どちらかというと、危険なのは俺《おれ》だけじゃ……」

「じゃあ深夏さんも血だらけで！」

「いやいやいやいや！　なに告白相手まで瀕死にしてんの⁉」

「死の間際《まぎわ》に目覚める性別《せいべつ》を超《こ》えた恋……これこそ、真実の愛だとボクは思います！」

「なんでサラッと性別超えたんだよ！　深夏と俺はノーマルだよ！　っていうかお前の意見は全然参考にならねぇよ！」

「杉崎君。イジメ、かっこわるい！」

「イジメじゃねえ！　ツッコミだよ！」

「そう……イジメって、そういうものだよね。よく分かるよ……。やってる方は、それと自覚しないから恐《おそ》ろしいんだよね……」

「ええっ⁉　俺悪いの⁉　今の俺悪いの⁉」

杉崎君は宇宙姉弟に助けを求めるが……しかし、彼女らはボクに味方してくれた。

「うん、杉崎が悪いわね」

「ああ、杉崎が悪い」

「ええっ⁉」

「と、いうわけで」

ボクはニッコリと微笑《ほほえ》み、そして、杉崎君ににじり寄《よ》る。

「杉崎君……とりあえず、服脱《ふくぬ》ごうか。はぁはぁ」

「お前、どういう手段で俺を瀕死にする気だっ！　いや、っていうか、そもそも瀕死にされてたまるかっ！」

杉崎君は、教室の中を逃《に》げ回るように、端《はし》の方へと移動《いどう》する。

仕方ないので、ボクは「杉崎鍵オタク」としての実力を発揮《はっき》することにした。

「杉崎君、よく聞いて下さい」

「な、なんだよ」

「深夏さんの好きなモノはなんですか？」

「ね……熱血？」

「じゃあ、それを踏《ふ》まえた上で深夏さんの燃《も》える状況《じょうきょう》は？」

「えと……非日常《ひにちじょう》、かな」

「つまり！　友達の杉崎君がなぜか瀕死という状況は！」

「！　背景《はいけい》に熱い物語を予感させるな！　そ、そういうことかっ、中目黒！」

「分かってくれましたか、杉崎君！」

「ああ！　俺は……俺は、やるぜぇええええええ！」

…………。ふふふ。杉崎君を扱《あつか》わせたら、ボクの右に出る者はないのさ。

「……下僕《げぼく》、変なキャラ確立《かくりつ》させたわね……」

「ある意味無敵《むてき》の杉崎を手玉にとる善樹こそ、実は一番の上位存在《そんざい》なんじゃ……」

宇宙姉弟がボクの方を見て何か呟《つぶや》いていたけど、それは気にしないことにした。

＊

その日の放課後の一場面。

「深夏……好きだっ！」

「はぁ？　って、鍵！　どうしたんだ！　なんでお前そんな血だらけでっ！」

「深夏ぅ……好きだぁ……」

「怖《こわ》っ！　怖《こえ》ぇよ！　どこのゾンビだよてめぇはっ！　いいから、病院行け、病院！」

「深夏……お前も瀕死《ひんし》になれぇっ！」

「なっ！　てめ、こら、襲《おそ》い掛《か》かってくるとはどういう了見《りょうけん》だっ！　オーケー。そっちがそのつもりなら……容赦《ようしゃ》しねえぞ！　でりゃあああああああ！」

「うぎゃああああああああああああああああああ！」

……………。

とりあえず、ボクが転校してきてから毎日杉崎君が大怪我《おおけが》をしていて、むしろボクが彼をイジメているような気がするのは……うん、気のせいだよねっ！

【存在意義《いぎ》の無いエピローグ】

「あの、頼《たの》まれていた追加原稿《げんこう》なんですけど……」

　早朝。まだ誰《だれ》も生徒の登校していない学園の生徒会室で、ボクはちんまりした先輩《せんぱい》さん……ええと、「クリーム」さんに原稿を渡《わた》していた。その脇《わき》では、そもそもこの原稿の依《い》頼《らい》を持ちかけてきた後輩のウィンターさんと、高校生とは思えないほど妖艶《ようえん》な美人のクイーンさんが、ちょっと疲《つか》れた様子で会長さ……じゃなくて、クリームさんを見守っていた。

　クリームさんはボクの原稿をサラッと一読すると、「よしっ！」と声をあげる。

「完璧《かんぺき》よ、中目黒君！　クラスがよく描《えが》けてるわね！」

「ああ、ボクはコードネームないんですねっ！」

　ボクだけ本名晒《さら》されてました。……酷《ひど》い。

　クリームさんはとても満足そうだ。

「杉崎のエロ内面と違《ちが》って、貴方《あなた》の小説は健全でいいわねっ！」

「はぁ。ありがとうございます。……あの、でも、これ、一体何に使――」

「早速《さっそく》入稿よ、ウィンター！」

「にゅ、入稿⁉」

ボクが不吉な言葉に反応《はんのう》していると、クリームさんは「な、なんでもない、なんでもない」と誤魔化《ごまか》してきた。…………はぁ。まあいいや。もう、なんかこういうのは、宇宙姉弟《きようだい》で慣《な》れちゃったよ。

クリームさんから原稿を受け取ったウィンターさんもまた、ボクの小説を読んで「うふふ……いい感じで進展《しんてん》していますね……ふふふ」と暗く微笑《ほほえ》んでいた。ああ……あの子はマトモな子だと思っていたのになぁ。

仕方ないので、唯一《ゆいいつ》、マトモな会話が成り立ちそうなクイーンさんに声をかける。

「あの、クイーンさん。この状況は一体……」

「あら、中目黒君。…………。……改めて見ると貴方、中々嗜虐心《しぎやくしん》をくすぐる容姿《ようし》――」

「失礼します」

即座《そくざ》に部屋を出ました。

が、「冗談《じようだん》よ冗談」とすぐに生徒会室に連れ戻《もど》される。ボクは嘆息《たんそく》しつつも、彼女に質問《しつもん》してみることにした。

「一体これ、なんなんですか？　ボクが転校してからのことを、小説形式で書くなんて……。なんか生徒会さんは本を出したりしているらしいですけど、それと関係が？」

「まあ、そうね。普段《ふだん》は生徒会のことばかりだから、差し詰《づ》め、これは外伝ってとこかしら」

「はぁ。また、どうしてそんな……」

「アカ……クリームの思いつき。それだけ……と言いたいところなんだけど」

「？」

そこでクイーンさんは、クリームさんを眺《なが》めて柔《やわ》らかく微笑む。……あ。これ、杉崎君や深夏さんがたまに醸《かも》し出す「空気」と凄《すご》く似《に》てる……。

「彼女は彼女なりに、色々考えてるのよ。生徒のこと、キー君のこと、深夏のこと、それに……なにより中目黒君。貴方のことをね」

「え？」

ボクがキョトンとしていると、彼女はクリームさんに聞《き》こえないように呟《つぶや》く。

「この小説を書いたことで、貴方の中でも整理出来たこととか、多いんじゃないかしら」

「それは……」

「それに、こんな風に生徒会の活動に参加したんだもの。貴方はもう、２年Ｂ組のクラスメイトだけが認《みと》める生徒じゃない。『碧陽《へきよう》学園の一員』を名乗るには、充分《じゅうぶん》すぎるほどよ。自信持ちなさい、中目黒善樹」

「あ……」

ボクは……クリームさんを見る。彼女はやっぱり、ただただ原稿を持ってはしゃいでいるだけで、なんにも考えてないように見えた。だけど、ボクと目が合うと――

「いやぁ、よくやったね、中目黒君！　うむうむ。今後も私のために働きたまえ！　碧陽学園の生徒としてっ！」

「……………」

……ボクは、それに、微笑んで「ええ」と返す。ウィンターさんとクイーンさんも、ボクの方を見て笑ってくれていた。

（ああ……これが、杉崎君の『ハーレム』か。……敵《かな》わないな）

個性派《こせいは》揃《ぞろ》いの2年B組が……いや、碧陽学園がこんなに温《あたた》かいのは、この人達が上にいるからなんだなと……妙《みょう》に、納得《なっとく》してしまった。

「あの、早速で悪いのですけど、中目黒先輩。クリームさんの代わりに、エピローグも書いちゃって下さるとありがたいのですが……」

ウィンターさんが原稿を持って、そんなことを依頼してくる。

ボクは……ボクは当然、満面の笑みで返すのだった。

「勿論《もちろん》いいですよ。この学園の一員として、その仕事、ボクが責任《せきにん》を持って請負《うけお》います」

まだこの生徒会役員さん達ほど強くはなれないけれど。

これからはボクも、一緒《いっしょ》に学園を盛《も》り立てていけたらいいなと……自分だけじゃなく周りも変えていける人間になろうと……生まれて初めて、そんな風に思えた。

#「杉崎の私的な記録を、勝手に持ち出してみたぞ」

by真儀瑠

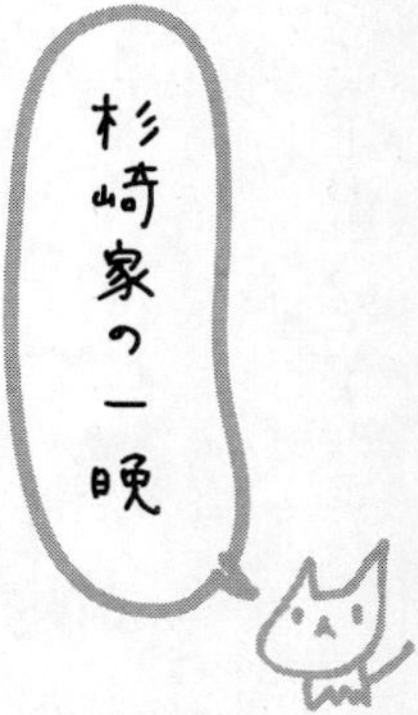

【杉崎《すぎさき》家の一晩《ばん》】

「ふぁっきん、ゆー！」

妹がぐれた。

とある休日の杉崎家、夕方、俺《おれ》と妹の二人しかいないリビングにて。

笑顔《えがお》で、グッと親指を下に向けながら大きく叫《さけ》ぶ中学一年生の我《わ》が妹に、俺はソファの上で汗《あせ》をダラダラかきながら声を絞《しぼ》り出した。

「り、林檎《りんご》？」

「おにーちゃん、おにーちゃん！」

「ん？」

「ふぁっきん、ゆ――――――！」

「…………」

超《ちょう》笑顔で、グッと親指を下に向けられた。

…………。

中学二年生の健全な男子にとって、可愛《かわい》がっていた妹に笑顔でなじられるという状況《じょうきょう》は、結構精神的《けっこうせいしんてき》にクるものがある。……反射的《はんしゃてき》に自殺を考えるぐらいには。

俺は脇《わき》にあったクッションに自分の顔をむぎゅーと押《お》し付けた。

林檎が可愛らしい声で訊《たず》ねてくる。

「おにーちゃん、なにしてるの？」

「ひっほふひをほほほひていふぁふ（窒息死《ちっそくし》を試《こころ》みています）」

「ヒポポタマスとフュージョンしています？」

「するかっ！」

ツッコミのため、クッションを離《はな》してしまった。妹は相変わらず天使のように可愛い顔で、にっこにこと笑っている。

俺は一つ嘆息《たんそく》し……とりあえず、訊ねてみることにした。ソファの、俺の隣《となり》にとすんと彼女を座《すわ》らせる。華奢《きゃしゃ》な、お人形さんみたいな妹が、くりくりした無邪気《むじゃき》な瞳《ひとみ》を俺に向ける。……この妹に、俺はなじられたのか……。再《ふたた》び凹《へこ》む。

が、気をとりなおして。

「妹よ……。俺は、小学校四年生の頃《ころ》にお前が妹になって以降《いこう》、一生懸命《いっしょうけんめい》……それはもう一生懸命、兄として振《ふ》る舞《ま》ってきたつもりだ」

「うん。だからこその、ふぁっきん、ゆー！」

「……えー」

俺の兄人生全否定《ひてい》っすか？

俺はもう精神的にボロボロになりながらも、最後の気力を振《ふ》り絞って、訊ねる。

「林檎よ……その……言葉の意味、分かって、言ってるのか？」

「ん？　勿論《もちろん》、ちゃんと分かってるよぉ」

どうやら俺は兄として失格《しっかく》、死んだ方がいい人間のようだ。林檎よ……兄は樹海《じゅかい》へと消えるから、これからの人生、どうか幸せに——

「日本語で『いつもありがとう！』って意味だよね！　ふぁっきん、ゆー！」

「……………へ？」

「だから、おにーちゃんにありったけの感謝《かんしゃ》を込《こ》めて、ふぁっきん、ゆー！」

「…………」

林檎の肩《かた》をガシッと摑《つか》む。

戸惑《とまど》う林檎の目をジッと見る。

「林檎……その言葉、誰に教えられた？」

「え？　飛鳥《あすか》おねーちゃんだけど……」

…………。…………ヤロウ。

ふぁ、きゅ♡

「ふ……。そうかそうか。なるほどねぇ」

俺は一度台所に行くと、『準備《じゅんび》』をして、家から出ようと——

「って、おにーちゃん！　包丁と雨合羽《あまがっぱ》持って暗い顔しながらどこ行くの！」

林檎が俺に背後《はいご》からすがりついてきた。俺は「ふふ」と怪《あや》しく微笑《ほほえ》む。

「林檎……大丈夫《だいじょうぶ》。林檎の教育上よろしくない存在《そんざい》は……すぐに、いなくなるからね」

「だ、駄目《だめ》だよぅ！　いなくしちゃ駄目だよぅ！」

「安心しろ。……日本のケーサツなんて、俺に言わせりゃ無能集団《むのうしゅうだん》よ」

「おにーちゃん、それは世に言う『中二病』っていうものにかかった人の考え方だよ！」

「く……封印《ふういん》された俺の左手が、血を欲《ほ》しがっているようだ……。待て……黙《だま》ってろ。もうすぐ、血をやるからよぅ……」

「そんなの、そのまま封印しとこうよ！」

「俺の魔眼《まがん》と黄金の左足も疼《うず》いているぜ……」

「おにーちゃん、色んなパーツが異常《いじょう》だね！」

「じゃあ林檎……お兄ちゃん、ちょっくら行ってくらぁ。なぁに、心配すんな。生きて……帰ってくるさ」

「出来れば飛鳥おねーちゃんも生きて帰してぇー！」

林檎が、非力《ひりき》ながら全力で俺に抱《だ》きついて止めるので、俺は仕方なく殺人をやめることにした。……命拾《びろ》いしたな、飛鳥。

とりあえず雨合羽と包丁をしまい、再《ふたた》び林檎と二人、リビングのソファに落ち着く。

林檎は「あの……ごめん、ね？」と切り出してきた。

「なにがだ？」

「りんご……またなにか、間違《まちが》えたんだよね？」

「いやまあ……そうだけど、悪いのは林檎じゃない。あの……変態《へんたい》女だ」

そう、俺達の周りに起きる不幸の殆《ほとん》どは、あの隣《となり》の幼馴染《おさななじみ》が悪い。全部あいつが悪い。人類がいつまでたっても戦争をやめないのも、多分あいつのせいなのだ。

俺が拳《こぶし》を握《にぎ》りこんでいると、林檎はとても申し訳《わけ》無さそうにシュンと俯《うつむ》いた。

「ごめんね……おにーちゃん」

「いや別に――」

「このどーてーのふのーやろう」

「…………は？」

「このどーてーのふのーやろう」

「り、林檎さん？」

再び汗《あせ》をダラダラかく。林檎は申し訳無さそうに、呟《つぶや》いた。

「このどーてーの……ふのーやろう」

妙《みょう》に深い言い方された。

中二男子にとって、妹にそんなこと言われるという状況《じょうきょう》は……。

「？　おにーちゃん、ガムテープ持って、なにしてるの？」

「ちょっくら風呂《ふろ》行ってくる。なぁに、密閉《みっぺい》して硫化水素《りゅうかすいそ》ガス発生させるだけさっ！」

「死んじゃうよっ！　なんで凄《すご》く爽《さわ》やかにそんなこと言うのっ⁉」

「だって……だって妹が……。うわぁぁぁあああん！」

俺は泣いた。クッションに顔をうずめ、おんおん泣いていると、林檎が俺の肩に手をおいて、優《やさ》しく言い放《はな》つ。

「このどーてーの、ふのーやろう」

まさかの追い討《う》ちだった。

このまま窒息《ちっそく》死してやろうかと思ったが、その時、林檎が続けた。

「えと……これってあの、慣用句《かんようく》で『心から謝《あやま》ります』っていう意味……なんだよね？」

「………林檎。それ、誰《だれ》に聞いた？」

「え？　飛鳥おねー――」

「オーケー。全面戦争だ」

俺はソファの下からバズーカを取り出すと、それをかついで隣の家へと——

「ちょ、ちょっとおにーちゃん！」

「止めてくれるな、妹よ。男には、戦わなきゃならん時がある」

「それは今じゃないと思うよ！　そしてなぜバズーカがソファ下に！」

「あいつとはいつか決着をつけなきゃならんと思ってたからな」

「決着のためにバズーカ用意しておく幼馴染関係っておかしいよ！」

「ああ、俺達は元からおかしいんだ。……そう、俺達二人は最初から、別次元の存在《そんざい》……

言わば、光の聖《せい》戦士と闇《やみ》の魔女《まじょ》」

「飛鳥おねーちゃんにまで中二設定《せってい》が加わってる！」

「じゃあな……アディオス、林檎！　強く生きろよ！」

「しかも相撃《あいう》ち覚悟《かくご》っ!?　ま、待って！」

また林檎に抱きつかれ、仕方なく、俺はバズーカを下ろす。

そして、ソファに帰還《きかん》し、二人で一息つく。

「ごめんね……おにーちゃん。りんご、色々知らなくて……」

しゅんと落ち込む林檎。

「い、いや、別に落ち込むことじゃないぞ、林檎。というか、その辺の言葉の意味は、むしろ知らない方が健全というかだな。知識《ちしき》があればいいってもんじゃないというか……」

「うん……」

「それより問題はあの女だ。飛鳥め……毎回毎回、俺の可愛《かわい》い妹に妙なこと吹《ふ》き込みやがって……」

俺がうぬぬと唸《うな》っていると、林檎が「あ」と何か思い出した。

「そういえば、『ケンは股間《こかん》を思いっきり踏《ふ》んづけて起こすと、喜ぶぞ』とも言われてたんだけど……あれも嘘《うそ》だったのかなぁ」

「…………」

俺は震《ふる》えた。……あ、危《あぶ》なかった……。この洗脳《せんのう》に気付かずに明日の朝を迎《むか》えていたら……とんでもない惨劇《さんげき》が起こるところだった。

そうだ。他のことも確認《かくにん》しておかないと。

「他に何か飛鳥に怪《あや》しいこと教えられなかったか？」

「え？　んー……そうは言っても、飛鳥おねーちゃんとは毎日会っているから、一体どれが嘘なのか……」

「…………あいつは本当に消しておいた方がいいような気がする」

杉崎家の平和のために。

「駄目《だめ》だよ！　飛鳥おねーちゃん、りんごのためを思って……」

「絶対違《ぜったいちが》うと思う。俺の不幸を願ってだと思う」

「そ、そんなことないよ！　飛鳥おねーちゃん、いっつもおにーちゃんのことばっかり考えてるもん！　おにーちゃんを凄《すご》く評価《ひょうか》してるもん！」

「そ、そうなのか？」

そうか……アイツは最近流行の、ツンデレというヤツなのかもしれないな。なら、多少の暴走《ぼうそう》は許《ゆる》してやらんと——

「飛鳥おねーちゃん、いっつも、『あいつは年々いじりがいが増《ま》していくな……末恐《すえおそ》ろしい男だ』とか、『単純《たんじゅん》な思考回路の男ほど、使い勝手のいい駒《こま》はないな』とか『私は、かつてあれほどまでに玩具《おもちゃ》としての高い適正《てきせい》を持って生まれて来た子供《こども》を知らない』って、凄く高く評価してるもん！」

「そうか⁉　むしろめっちゃ下に見られている気がするんだがっ！」

「そんなことないよ。その証拠《しょうこ》に飛鳥おねーちゃん、おにーちゃんの部屋を盗聴《とうちょう》までしてるって言ってたよ？　愛が無きゃ出来ないよー」

「…………」

ぞくりとした。慌《あわ》てて自分の部屋に戻《もど》って、コンセント周りを中心に捜索《そうさく》を開始する。

十分後……。


「おにー……ちゃん？」

げっそりしながらリビングに戻《もど》ると、ソファの上で林檎が心配そうに俺を待っていた。

俺は、両手にごっそりと持った盗聴器の山を、床《ゆか》にドシャっと降《お》ろす。

「もう39個《こ》見つけた……」

「あは……は」

「……もういいや。逆《ぎゃく》に」

「と、とにかく、飛鳥おねーちゃんの愛が伝わったんだね。良かった良かった」

「……そうだね」

俺はふっと息を吐く。……あいつとはホント、いつか決着をつけなきゃいかんと思った。マジで。どちらかが死ぬことになりそうだが。

俺が盗聴器探索《たんさく》を終えて一息ついていると、林檎が台所へと行って、わざわざカ○ピスを作って戻ってきてくれた。

「はい、おにーちゃん。喉渇《のどかわ》いたよね？」

「おお……林檎、やっぱりお前は、素晴《すば》らしい妹だな」

「えへへ」

林檎からカル○スを受け取る。くそ……飛鳥のやつめ。こんなよく出来た妹を、変な色に染《そ》めようとしやがって。

俺は、コップに口をつける。林檎が、笑いながら注釈《ちゆうしやく》した。

「疲《つか》れている時には糖分《とうぶん》！　というわけで、原液《げんえき》99パーセントにしてみました！」

「げほっ！」

咽《む》せる。どろりとした白濁《はくだく》が、俺の喉に流れ込《こ》んできていた。渇いた喉に、ねばっとした感触《かんしよく》が染《し》み渡《わた》る。……なんだろう、よく分からないけど、汚《けが》された気がするよ。

林檎は、依然《いぜん》として笑顔だった。

「おいし？　おいし？」

「あ……ああ。うん。……おいしいよ……うん」

「じゃあ、どんどん飲んじゃって、おにーちゃん。足りなかったら、また作ってくるからね！」

「……うん。ありがとうな、林檎。お兄ちゃん……泣くほど嬉《うれ》しいよ」

目尻《めじり》に涙《なみだ》が浮《う》かんでいた。……林檎の教育、俺も若干《じゃっかん》間違ったかもしれない。甘《あま》やかしすぎたかもしれない。これからも甘やかすけど。

原液をぐびぐび美味《おい》しそうに飲むという、お笑い芸人真っ青の罰《ばつ》ゲームを日常生活の中でこなしつつ、俺は気を紛《まぎ》らわすため林檎に他の話題を振《ふ》る。

「父さんと母さん、今日はいないんだもんなぁ」

「うん。月に一回のデートの日。だから、明日まで帰ってこないよ？」

「いつも思うが、これは親として正しい振る舞《ま》いなのか？」

「でもりんご、二人が仲良しさんなのは嬉しいよ。あ、あと……」

林檎は唐突《とうとつ》にもじもじしながら、顔をぷいっと逸《そ》らして呟《つぶや》く。

「お、おにーちゃんと二人っきりなのも……ちょっと嬉しいし……」

「………」

コップを脇《わき》に置き、思わずガシッと妹を抱《だ》きしめる。あー、もう、うちの妹は可愛《かわい》いなあ、こんちくしょう！

「わわっ、おにーちゃん？」

「ああ、林檎。お前はどうして林檎なんだっ」

「え？　お母さんがそう名前つけたからだと思うけど……」

「もう食べてしまいたい！　っていうか、林檎なんだから、食べられるかも……」

かぷり。

「お、おにーちゃん⁉　なんで頭に噛《か》み付くの⁉」

「食べる」

「可愛がってくれるのは嬉しいけど、その光景はかなりグロテスクだと思うの！」

「もきゅ、もきゅ、もきゅ」

「ああっ、頭舐《な》めないでよ～」

林檎が涙目なので、俺は離《はな》れてあげることにした。林檎は袖《そで》で頭を拭《ぬぐ》いながらも、ぼそぼそと呟く。

「……べつに抱きつくのまでやめなくていいのに……」

「ん？」

「な、なんでもないよ！　それより、夕飯どうしようか？　飛鳥おねーちゃんに頼《たの》んで作ってもらう？」

「う……」

そう。いつもこういう時は、あいつに料理をして貰《もら》っていた。あの変態女《へんたい》、普段《ふだん》から怪《あや》しげなことばっかりしているせいか、手先だけは器用だからな……。イメージに似合《にあ》わず、料理を含《ふく》め家事はエキスパートの域《いき》だ。正直《しょうじき》、母さんより美味《うま》いもんを作る。

しかし、今日はあまり頼《たよ》りたくない。理由は言わずもがな。アイツと今顔を合わせたら、「杉崎家ラグナロク」の発生は免《まぬが》れないだろう。

俺は、林檎に対して首を横に振る。

「あいつは頼らない。というか、あいつに杉崎家の敷居《しきい》は跨《また》がせたくない」

「敷居というか……いつも窓《まど》からとか入って来るけどね」

「とにかく。今日は『デートの日』であると同時に、『兄妹《きょうだい》の日』だ、林檎」

「きょーだいの日？　京大の秘《ひ》？　強大の火？」

「俺と林檎、二人の日だ」

「おにーちゃんとりんご……二人の……。はわわ、す、素敵《すてき》な日だよぅ」

「だろう、だろう」

「うん、おにーちゃん。つまり、今日は人類の生き残りが、りんごとおにーちゃんだけっていう設定《せってい》なんだね！」

「いや、それはちょっと違《ちが》うが。っていうか、そう想定すると、テンションむしろ下がると思うが。

「そうかな？　りんごは、おにーちゃんがいればそれでいいけど……」

「…………」

　また抱きつきそうになってしまったが、自制《じせい》する。林檎が若干《じゃっかん》残念そうにしていた気がするけど……気のせいだろう。

「とにかく、今日は二人で生きるぞ、林檎よ」

「うん！　生きて、生きて、人類が絶滅《ぜつめつ》しないようにしないとね！」

「いや、そこまでの決意は要《い》らないけどな」

　そうなると、最大の問題はやはり食料だ。

　とりあえず、二人、作戦会議のため台所へと向かう。俺が食卓《しょくたく》へとつくと、林檎が冷蔵《れいぞう》庫《こ》の中身をチェックした。

「……うーん……。野菜とかお肉とかはちょこっとあるけど、どれも調理が必要そうだよ……。そのまま食べられるのは、かまぼこと納豆《なっとう》ぐらいかな」

「微妙《びみょう》だな。冷凍《れいとう》食品は？」

　林檎は上部の冷凍庫の方を開く。

「んと……。あ、おにーちゃん！」

「なんだ？」

「この前冷凍した『カルピ○の原液《げんえき》』があるよ！」

「なんで⁉　なんで冷凍したの⁉」

「食べる？　バリボリと」

「え、遠慮《えんりょ》しとくよ……」

と呟《つぶや》きつつ、こっそり、さっきの原液○ルピスを水道水で薄《うす》める。……ふう。ようやく飲めるようになった。

カル○スを飲みつつ、林檎の様子を見守る。

「なんか他にあったか？」

「んー……冷凍されたお魚さんとかあるけど、やっぱり調理必要そうなのばっかり」

「むむ……困《こま》ったな。俺達兄妹は、飛鳥のせいで料理スキルがゼロだからな」

「うん……。料理に関することは全部飛鳥おねーちゃん頼ってたもんね……」

「こうなったら……出前か」

俺は出前関連のちらしを持ってきて、食卓に並《なら》べる。林檎も食卓へと来て、俺達は二人で検討《けんとう》を開始した。

「あ、おにーちゃん。カ○ピスのデリバリーあるよ？」

「なんだそのデリバリー！　成り立ってんのか⁉」

「『焼きカルピ○』『○ルピスの煮込《にこ》み』『カル○スアイスのカ○ピスソースがけ』『あんかけ○ルピス』『カルピ○のムニエル』『フライドカル○ス』……」

「なんか頼《たの》んでみたい気がする！　けど今日はやめておこう！」

「うん……。じゃあ、普通《ふつう》にラーメンでも頼もうか？」

「お、いいな。でもうちの近所でラーメンのデリバリーあったっけ？」

「うん。新しく出来たとこのがあるよ。『カ○ピス軒《けん》』っていうのが……」

「日本に空前のカルピ○ブームでも来てるのか⁉　そしてラーメン却下《きゃっか》！」

「えぇー。……じゃあ、ピザにしようか」

「○ルピス関係無ければな」

「大丈夫《だいじょうぶ》。全然カル○ス関係無いよ。その名も『ヤ○ルト・ピザ』！」

「乳酸菌《にゅうさんきん》飲料ぉぉぉぉぉおおおおお！」

「じゃ、電話しよっか」

「ちょぉっと待てぇい！　なんで乗り気なんだ我《わ》が妹よ！」

「だって、他にデリバリー無いよ、うちの近所」

「絶望した！　デリバリー業界の狂《くる》った惨状《さんじょう》に絶望した！」

もう出前の選択肢《せんたくし》が尽《つ》きてしまった。俺はとぼとぼとちらしを片付《かたづ》ける。

そうして、兄妹《きょうだい》二人、再《ふた》び食卓で途方《とほう》に暮《く》れる。

「どうしよっか……おにーちゃん。このままじゃ、人類滅《ほろ》びるよ……」

「そうだな……。……こうなったら、本気で林檎を食らうか」

「カニバリズム⁉」

かぷり。

「きゃっ、う、腕《うで》に嚙《か》み付かないでよぉー」

「はむはむ」

「く、くすぐったいよぅ、おにーちゃん」

「……うまうま」

「美味《おい》しいの⁉」

「ごっくん」

「なんか飲み込まれちゃってる！」

「ごちそうさまでした。うむ……まあ結果的には、クリス〇ークリームドーナッ的な味だったな」

「ええっ⁉　りんごの体って、そんなに美味しかったんだ！」

林檎はショックを受けた後、自分で自分の人差し指を咥《くわ》えてみていた。

「……しょっぱい」

「カニバリズムには、気持ちが大事なんだぞ、妹よ」

「なんか猟奇的《りょうき》なアドバイスだね！」

さて、ふざけるのもいい加減《かげん》にしよう。そろそろ、本気で腹《はら》が減《へ》ってきた。

林檎が「むむー」と可愛《かわい》らしく唸《うな》っている。しばし腕《うで》を組んで悩《なや》み終えると、急に、

「よしっ」と何か決意したように立ち上がった。

「？　どうした、林檎？」

「こうなったら、りんごがお料理作るよ！」

「マジでか。よし、わかった。素直《すなお》にヤク○ト・ピザ頼もうな」

「一瞬《いっしゅん》で却下!?」

……そりゃ、いくら妹溺愛《できあい》の俺でも、カル○ス原液《げんえき》で持ってくるお前のキャラ特性《とくせい》ぐらい分かっているわけで。よく見るラブコメ漫画《まんが》のような、「黒こげの手料理を、美味しい美味しいと言って食べる主人公」みたいな苦労は、絶対《ぜったい》したくないのだ。

林檎がしょぼんとしてしまっている。……まずい。フォローしないと。

「大丈夫だ、林檎。料理なんて、出来なくても生きていけるよ」

「うぅ……女の子にとっては致命的《ちめい》だよぅ。お嫁《よめ》さんにいけないよぅ」

「そんなことない。林檎はいいお嫁さんになるよ」

「どうして？」

「そりゃお前……」

…………。…………。

「よっし、ピザでも頼むかっ！」

「おにーちゃん⁉　フォローするなら最後までしようよ！　なんか余計《よけい》に傷《きず》つけられたよ、今の！」

「す、すまない、林檎。お兄ちゃん、基本《きほん》的に女の子の扱《あつか》いとか不得意だったわ……」

「うー！　りんご、いいお嫁さんになれないんだぁ！」

「いいじゃないか、お嫁さんに行けなくても。というか、お嫁さんに行くな。……っていうか、うわ、ホント、マジ、行くな。よく考えたら、なんかすげーイヤだわ、それ」

ちょっと想定してしまった。チャラチャラした男が、「チィーッス。んじゃ、ま、お宅《たく》の妹さん渡《わた》しちゃいなYO！」とか言ってくるの。……いやすぎるわっ！

林檎が、なぜだか少し紅潮《こうちょう》した頰《ほお》でちらちらこちらを見ている。

「あ、あの……おにーちゃん？　りんごも……あの、本当はずっとおにーちゃんと――」

「クリスピーク○ームドーナツ味を渡してなるものかぁっ！」

「そこ!? そこだけなのっ、りんごをお嫁にやりたくない理由って！」

「よし、とにかくピザ頼《たの》むぞー」

「おにーちゃん！ りんご、たまにおにーちゃんの愛情《あいじょう》が信じられないよぅ！」


ピザ発注から三十分後……。


食卓《しょくたく》。中央にでーんと配達してもらったピザを置き、二人で一本のコーラをコップに分けてスタンバイしたところで、状況《じょうきょう》は停止していた。

二人とも、ピザに手を伸《の》ばそうとはしない。

俺《おれ》は……この状況をどうにか打開しようと、林檎に先を促《うなが》してみた。

「林檎……いいぞ、ほら、たーんと食えよ」

「お、おにーちゃんこそ。お先にどうぞ」

「り、林檎！ はい、あーん」

「い、いいよう！ おにーちゃんこそ、はい、あーん」

「………」

「…………」
二人、手に持って相手に押《お》し付けあうようにしていたピザを、更《さら》に一置き。
そうして、二人で同時に肩《かた》を落とし、呟《つぶや》く。

『トッピングを完全に間違《まちが》えた……』

ヤクル◯・ピザ。
その不吉なネーミングにびびった俺達は、基本的《きほんてき》なプレーン状態《じょうたい》では酷《ひど》い地雷《じらい》である可《か》能性《のうせい》を想定して、とりあえず味をごまかすために、ありとあらゆるトッピングを試みた。
そう……『トッピングすること』に目的がシフトしていたせいで、なにを載《の》せたのか、自分達でも把握《はあく》していなかったのだ。

結果……。

フレッシュトマト納豆《なっとう》ハチミツとろろメープルシロップねぎチョコレートソース生姜《しょうが》カレー山椒《さんしょう》ブラックペッパーたらこハバネロ黒糖《こくとう》カ◯ピス・ピザ

という、もはや何がメインなのか分からない、得体の知れないものが届《とど》けられてしまった。しかも、勢《いきお》い余《あま》ってカルピ○までぶっかけられている。べちょべちょだ。恐《おそ》らく、これを作ったバイト店員さんも、「俺、そろそろこのバイトやめよう」と思ったに違《ちが》いない。そんな、見たものの心をあっさりとへし折る食品だった。

これなら、林檎が作る失敗料理を食べた方が、まだマシだったかもしれない。

いつまでもお互《たが》いに先を譲《ゆず》っていても仕方ない。ここは兄として、自分が最初の犠牲者《ぎせいしゃ》になろうと覚悟《かくご》した。

「おにーちゃん、がんばっ！」

「食事するのにエールを送られるのは初めてだよ……」

げんなりしながら、もはや「1ピース」と言い張《は》るにはボリューム的に問題がありすぎるピザを、一口、頰張《ほおば》る。

「……もぐ、もぐ」

「おにー……ちゃん？　ど、どう？」

「…………こ、これはっ！」

「ど、どうしたの？　まさか、美味《おい》しいの？」

「微妙《びみよう》に香《かお》る乳酸菌《にゆうさんきん》飲料の酸《す》っぱさと、内容物《ないようぶつ》のぐちゃぐちゃ感、そしてまぜこぜ感が、なんとも言えない――」

「なんとも言えない？」

「嘔吐物《おうとぶつ》感を醸《かも》し出している！」

「最悪だね！」

「うむ！　ここまで最悪だと、もう、ある意味三ッ星だな！　食が進む進む！」

「おにーちゃん！　自分を見失わないでぇー！」

「もぐ、もぐ、もぐ、もぐ、もぐ、もぐ」

「す、凄《すご》いスピードでおにーちゃんがピザをたいらげていってる！」

「もぐ、もぐ、もぐ………ぷはぁ。ご、ご馳走様《ちそうさま》」

俺はピザを「全《すべ》て」食べきると、その場に倒《たお》れこんだ。林檎が、恐る恐る俺の肩《かた》に触《ふ》れてくる。

「お、おにーちゃん？　ど、どうして……」

「林檎よ……男には、完食しなければいけない時っていうのが……うぷっ……あるんだよ……ぐふっ」

「そ、それは本当に今だったのかな……」

「……と、とにかくだ。林檎。俺が魚焼いてやるから、お前は、ごはんとちくわと納豆と焼き魚を食え。一人分なら、そのラインナップで賄《まかな》えるはずだ」

「！　おにーちゃん……まさか、りんごのために……」

「ふ……強く生きろよ……りん……ご。……ガクリ」

「おにーちゃぁあああああああああん！」

意識《いしき》がふつりと途切《とぎ》れた。

「………はっ」

気がつくと、俺は自分の部屋のベッドに横たわっていた。上半身を起きあがらせる。

――と、どうやらベッドサイドにいたらしい林檎が「あ、起きた？」と表情《ひょうじょう》を綻《ほころ》ばせた。

「おはよう、林檎。で、俺は一体……」

「おにーちゃん、ピザを食べてから気を失っちゃって、こんな時間までずっと寝《ね》てたんだよ？」

時計を見る。午後十時を回っていた。林檎も既《すで》にパジャマだ。髪《かみ》からシャンプーの匂《にお》いも香《かお》っている。……結構《けっこう》寝てしまったようだ。

「そうだ、林檎。お前、夕食は……」

「ああ、それなら飛鳥おねーちゃんが作ってくれたよ」

「飛鳥が？　あいつ、家に来たのか」

「あ、ごめんね、勝手に入れちゃって。でも、おにーちゃん倒れちゃったから、慌《あわ》てて飛鳥おねーちゃんを頼《たよ》っちゃって……」

「……まあ、仕方ないな」

しかし、またアイツに借りを作ってしまった。今度会った際《さい》、なにをさせられるか分かったもんじゃない。……今夜中にあいつの存在《そんざい》をこの世から消してしまいたいところだが、林檎の夕飯を作ってくれたお礼として、今日は勘弁《かんべん》しておいてやろう。うん。

ふと、上半身がスースーすることに気付く。自分の体を改めて見ると……。

「……って、おい。なんか俺、裸なんだが、林檎」

幸い、下は布団《ふとん》に隠《かく》れているが。林檎が、ぽっと頬《ほお》を赤らめる。

「わ、わかんないよ。りんごが飛鳥おねーちゃんから看病《かんびょう》をバトンタッチされた時には……もうそうなっちゃってたし……。じ、ジッと見たりなんかしてないもん！」

「……そうか。意識不明の俺と飛鳥を、二人きりにしてしまったのか……」

「う……ご、ごめん」

「いや、別に謝《あやま》らなくていいが……。そうか……」

ああ、この記憶《きおく》は完全に、消し去った方がいいだろうな。うん。想像《そうぞう》もしない方がいい。意識不明の俺、傍《かたわ》らには怪《あや》しく笑う飛鳥、結果的に素《す》っ裸《ぱだか》の俺。……うん、連想すんな、俺。強く生きろ、俺。

「とりあえず、パジャマ着たいんだが」

「あ、うん。はい、パジャマ……と、し、下着」

着替《きが》え一式を真っ赤になりながら渡《わた》される。別に、林檎になら裸を見られても、そんなに問題はないのだが、彼女は一時的に退室《たいしつ》してしまった。……別にいいのに。

さくっと着替え、林檎を呼び戻す。

「今日は悪かったな、林檎。折角《せっかく》の兄妹《きょうだい》の日だったのに、寝ちまってて」

「ううん、いいよ。飛鳥おねーちゃんも来てくれたし」

「そっか。……ふぁあ」

思わずあくびをしてしまう。林檎がきょとんと首を傾《かし》げた。

「？　おにーちゃん、眠《ねむ》いの？」

「ああ、中途半端《ちゅうとはんぱ》に寝たからかな。ちょっと早いが……今日はこのまま寝るわ」

「そ、そっか……」

と言いつつ、林檎はもじもじしながら、先ほどとは違《ちが》い部屋から出て行こうとしない。

俺は……妹の感情を察し、ふふっと一つ笑うと、林檎の頭にぽんと手を置く。

「一緒《いっしょ》に寝るか？」

「い、いいの？」

「いいのも何も、お前、両親いない日はいっつもじゃないか」

普段《ふだん》はそれぞれの部屋で普通に寝ている俺達だが、林檎はどうも昔から、両親のいない日は心細いのか、俺と一緒に寝たがる。中学生にもなるとそろそろ俺としても気を遣《つか》わないといけないかなとも思うが、まあ、本人が望むんだから別にいいかと放置中だ。

俺がベッドのスペースを空《あ》け布団を開くと、林檎は家の電気を全て消してから、もじもじしながらも、ちょこんとそのスペースに納《おさ》まった。彼女の体に、布団をかけてやる。

「じゃ、オヤスミ、林檎」

「う、うん……」

お互《たが》い向かい合うようにして寝る。普通なら寝苦しいが、林檎は俺が背《せ》を向けると寂《さび》しがるから、いつも体勢《たいせい》はこうなる。

いつまでも林檎と見つめ合っていてもしゃーないので、早速《さっそく》目を瞑《つぶ》って、睡魔《すいま》に身を任《まか》せる。しばらくして、林檎がぽそりと呟《つぶや》いた。

「おにーちゃんは……いつまでもりんごと一緒に寝てくれるね……」

「あー……。…………うん…………妹だしな」

「妹……」

既《すで》にうとうととしていて、意識《いしき》が朦朧《もうろう》としている。なんだかんだで、今日は疲《つか》れたのかもしれない。ああ……そういえば、結局飛鳥に会わなかったな、今日。なんか……調子狂《くる》ってるのは、そのせいかもしれないな……。

林檎が、まだ何か喋《しゃべ》っていた。

「おにーちゃんにとってりんごは……もう『義妹《いもうと》』でさえないんだね……」

「ん……。……妹だって、言ってるじゃ……んー……」

もう、なに喋ってるのかもよく分からなかった。なんか、意味不明のこと言われた気がするし。

林檎の寂しそうな、それでいてどこか嬉《うれ》しさも含《ふく》んでいるような……そんな声を聞きながら、意識が閉塞《へいそく》していく。

「りんごは……それでもいい。それでもいいから……おにーちゃん……ずっと……」

「……すぅ」

「ううん。分か……んだ……。『妹』のままじゃ……おにー………こうやって一緒……ること……いつか……来なく……だよね……。なら——」

もう、聴覚《ちょうかく》さえまともに働かなかった。まどろみの中へと落ちていく。

きゅっと、誰《だれ》かが自分の体に抱《だ》きついた気がした。とてもか弱い力だった。

俺は、寝ぼけながらも、反射《はんしゃ》的に、それがとても大事な物だということだけは分かって、反射的に抱きしめ返した。

ぎゅっと。ぎゅっと。力強く、だけど、労《いた》わるように。壊《こわ》さないように。

………。

なぜだか、その日は、とても悲しい夢《ゆめ》を見た。

欠ける生徒会

「俺のいない間に、なにやってんスか……」

by 杉崎

【欠ける生徒会】

「健全なる体にこそ、健全なる魂《たましい》が宿るのよ！」

アカちゃんがいつものように小ぶりな胸《むね》を張《は》ってなにかの本の受け売りを偉《えら》そうに語っていた。

私、紅葉知弦《あかばちづる》はその発言に対し、特に何も反応《はんのう》することなく淡々《たんたん》と会議を進行する。

「というわけで、今日はキー君が風邪《かぜ》を引いてお休みです」

私の言葉に、椎名姉妹《しいなしまい》が揃《そろ》って『はーい』といい返事をしてくれた。しかし、それがアカちゃんはとても気に食わなかったようだ。いつものように「ちょっと、知弦！」と頬《ほお》を膨《ふく》らませて私につっかかってくる。……相変わらずざ可愛《かわい》い子ねぇ。

「会議は私が進めるのっ！　知弦は何もしなくていいよ！」

「はいはい。アカちゃん、構《かま》ってあげたいのは山々なんだけど、今日は忙《いそが》しいから、これでも食べて黙《だま》っていてね」

私はそう言いながら、ポケットから棒《ぼう》付きキャンディーを取り出す。アカちゃんは一瞬《いっしゅん》

「子供《こども》じゃないんだから、そんなもので黙《だま》るわけ――」と反論《はんろん》しかけたけど、すぐにそれ

が新製品《せいひん》である「バニラキャラメル味」であることに気付くと、無言で私から奪《うば》い取り、くしゃくしゃと包み紙を剝《は》いで、そして……。

「……（ほわぁ）」

幸福そうな顔で頰張り始めてしまった。私はそれをすかさずケータイのカメラで激写《げきしゃ》して永久保存《えいきゅうほぞん》してから、「さて」と会議を仕切りなおす。深夏《みなつ》が何か言いたそうにしていたけど、それは一旦《いったん》無視《むし》。

私は職員《しょくいん》室から貰《もら》ってきたプリントの束をとんとんと机《つくえ》で整えた。

「そんなわけで、今日はキー君が普段《ふだん》やってくれている雑務《ざつむ》を私達でこなさないといけなくなったわ。幸いにも今回は書類確認《かくにん》とかサインとかそういう系統《けいとう》の事務《じむ》作業ばっかりだから、とりあえず、アカちゃん以外で等分して片付《かたづ》けるわよ」

そう言って、私は束を三等分して、椎名姉妹と自分に振《ふ》り分ける。深夏は少々げんなりした顔をしながら、真冬《まふゆ》ちゃんは「頑張《がんば》りますっ！」と健気《けなげ》なことを言いながら、それぞれプリントを受け取り、作業を開始した。

私も自分の分の書類に目を通しつつ判子《はんこ》を押《お》したりしていると、作業を続けたまま、深夏が「しっかしさぁー」と雑談を始める。

「鍵《けん》が体調崩《くず》して休むなんて、珍《めずら》しいにも程《ほど》があるよなー」

その発言に、真冬ちゃんが同意する。

「そうだよね。というか、先輩《せんぱい》なら、多少体調悪くても生徒会室に来ちゃいそうなものだけど……」

それはなかなか鋭《するど》い意見だ。私は、視線《しせん》は書類に落としたまま、二人の疑問《ぎもん》に答えてあげることにした。

「ええ、キー君、一応《いちおう》今日も登校はしてきていたのだけどね。私が校門前でバッタリ会った時、今にも死にそうな顔しながら『四十度っていう微熱《びねつ》しかないから、らいりょうふッスよ！』とか言うものだから……実力行使で無理矢理《むりやり》帰らせたわ。養護教諭《ようごきょうゆ》に車で送らせてね」

「ああ……成程《なるほど》。流石《さすが》のアイツも、知弦さん相手じゃ無下《むげ》に断《ことわ》れなかったか」

深夏が呟《つぶや》き、真冬ちゃんが苦笑《くしょう》する。ちなみに、あのキー君を帰すために私が放《はな》った最終手段《しゅだん》の一言は、「貴方《あなた》は自分のハーレムメンバーに風邪をうつす気？」だ。こう言った途端《とたん》、彼はしおしおと大人しくなって、帰っていった。……可愛い子だ。

作業を進めていると、アカちゃんがキャンディーをぺろぺろ舐《な》めながら、「でもさー」と独《ひと》り言のように呟く。

「なんかこう……変な感じよね、杉崎《すぎさき》いないって」

「そうね」

私はそれに大いに同意する。彼はほぼ毎日来ていたのは勿論《もちろん》、放課後生徒会室に来るのもいつも凄《すご》く早かったため、このメンバーが揃っているのにキー君がいないという状況《じょうきょう》は、すごく珍しいと言っていい。

アカちゃんが、咥《くわ》えたキャンディーを上下に、つまらなそうに動かしていた。

「あらアカちゃん。キー君がいなくて、寂《さび》しいのかしら？」

「な、なな、なに言ってるのよ知弦！　そ、そんなことないわよ！　むしろ、せーせーするわね！　エロ男のいない真面目《まじめ》な生徒会……ああっ、理想の環境《かんきょう》だわっ！」

そう言う割《わり》には、今ひとつアカちゃんの表情《ひょうじょう》に覇気《はき》はなかった。……まあ、そこはツッコまないでおいてあげましょうか。アカちゃんほど表面には出してないけど、それは私も椎名姉妹も同じなのだから。

雰囲気《ふんいき》を変えようとしてくれたのか、真冬ちゃんが話題を転換《てんかん》させる。

「そういえば、杉崎先輩がいつも管理している『雑務《ざつむ》カバン』って何入っているんでしょうね？　ものによっては、今使うべきなんじゃないでしょうか」

その発言に、それぞれの作業が一瞬ぴたりと止まる。……そう、それは、確《たし》かに皆《みな》気になっていたことだ。

雑務カバン。それは、いつの頃《ころ》からかキー君が生徒会室に持ち込《こ》むようになった、普段のカバンとは違《ちが》う、もう一つの手持ちカバン。シンプルな外見のそれは、改めて話題にするには少々地味すぎて、皆、気になりながらも今ひとつ踏《ふ》み出せずにいた物。

一度アカちゃんが勇敢《ゆうかん》にも「杉崎、それ、何入ってるの？」と訊《き》いたことがある。その時に彼が返した答えが、ずばり、『ああ、雑務カバンですよ』だった。その一言だけ。あとは、その日の議題の方に話題がシフトしてしまい、それっきりだったのだ。

私も気になってはいたのだけれど……なんか変なプライドが邪魔《じゃま》して、改めて質問《しつもん》出来なくなっていた品。

「雑務カバン……ねぇ」

深夏が、生徒会室の片隅《かたすみ》にぽつんと置かれた「それ」をちらりと見る。そう、キー君は普段のカバンと違って、あれを毎日持ち帰りはしないらしい。実際《じっさい》、生徒会の雑務のための何かなら、ここから持ち出す意味もあまりないのだろう。

つまり。それは今、彼がいない状態《じょうたい》で、ここにある。

「……み、見ちゃおう、か？」

アカちゃんが、誰も言い出せなかったその一言を言う。

『！』

……そこからの皆の行動は素早《すばや》かった。「雑務のためのカバンなんだし」「今雑務している真冬達には見る権利《けんり》ありますよね」「生徒会室に置いてあるんだから、皆のものだろ」「生ものとか入ってたら困《こま》るから、確認《かくにん》しないとね」などと、矢継《やつ》ぎ早《ばや》にそれぞれ自分正当化の言葉を呟《つぶや》きつつ、プリントを片付《かたづ》けて机《つくえ》の中央にそのカバンをセッティングする。

皆の視線《しせん》が一点に集まる中、私が、代表してそれを開けることにした。

「これは、あくまで雑務のため。決して、キー君の秘密《ひみつ》を暴《あば》いてやろうとか、そういう邪《よこしま》な考えではないわよね？　そうよね？」

『その通りです』

皆の声が揃《そろ》った。私は、満を持《じ》してそれのファスナーを開く。

『…………』

皆で中を覗《のぞ》き込む。しかし、思っていた以上に物がギュウギュウに押し込まれていて、なにがなにやら分からなかった。

仕方ないので、一旦《いったん》全員落ち着いて席に座《すわ》ったところで、私が、一品一品中から取り出していくことにする。

「知弦っ、早くっ」

アカちゃんが期待した目でこちらを見ている。

私は、とりあえず一番上に置かれたものから、思いっきり引っ張《ぱ》り出した。

一品目。


「……タワシ」


『タワシ⁉』

掌《てのひら》に感じる、ザラザラとした触感《しょっかん》。独特《どくとく》のこげ茶色。手にしっくりくるサイズ。

どこからどう見ても、それはタワシだった。

深夏が、「おいおい！」と絶叫《ぜっきょう》している。

「なんでタワシなんだよ！　生徒会に寄《よ》せられる雑務で、そんなにタワシが活躍《かつやく》する機会って多いか⁉」

「あ、待って、深夏。なんかタワシの下に紙が……」

私は雑務カバンの中にあったそれを取り出し、そして、そこに書かれていた文字を読み上げる。

「『粗品《そしな》』……『東京フレンド〇ークⅡ』」

「出たのかよっ！」

深夏が大声でツッコム。彼女だけではなく、生徒会メンバー全員が、既《すで》に『雑務《ざつむ》カバン』の意味不明さに冷や汗《あせ》を垂《た》らしていた。……キー君……貴方《あなた》一体……。

真冬ちゃんが、なぜか彼のフォローに回る。

「ま、まあ、そういうこともあるかもですよっ！　た、たまたまじゃないでしょうか。ほら、他のモノはちゃんと雑務に役立つものなんですよっ」

「そうかしら……」

私は既にこのカバンに多大な不安を抱《いだ》いていたけど、このまま閉《と》じるというのも精神《せいしん》安定上とてもよろしくない気がしたので、タワシを置いて、次を取り出すことにする。

二品目。

「……け、拳銃《けんじゅう》っ！」

『きゃああああああ⁉』

生徒会室に少女達の悲鳴が木霊《こだま》するっ！　私は右手に持ったその黒光りするそれを、改めてじっくりと——

「って、あれ？　これ、オモチャだわ」

「ふぇ？」

さっきまで肩《かた》を震《ふる》わせていたアカちゃんが、私から銃を受け取る。彼女はそれをカチャカチャと弄《いじ》り、そして……。

（ぽん）

引鉄《ひきがね》を引いた瞬間《しゅんかん》、銃口から花束が飛び出した。……典型的な、子供《こども》だましのマジックアイテム。

…………。

『（だから、なぜ……）』

虚《むな》しく銃口から咲《さ》き乱《みだ》れる花を眺《なが》めながら、全員で考え込む。……これが必要になる雑務って、一体、どんな雑務だったのよ……キー君……。

空気がとてもいたたまれなかったので、私は、さっさと次の品を取り出す。

三品目。

「……ブルマ……」

「よし、通報《つうほう》よ、深夏」

「OK、任《まか》せとけ、会長さん」

二人が恐《おそ》ろしいほどの連携《れんけい》で通報態勢《たいせい》をとっていた。真冬ちゃんも止めないし。普《ふ》通《つう》なら私もそれには賛成《さんせい》だけれど、手にとったブルマの様子を見て、「ちょっと待って」と二人を止める。

「なんか……『試作品』って書いてあるわ」

「試作品？　ってことは……ええと、盗《ぬす》んだものとかじゃねーのか？」

「多分……だけど……」

私は判断《はんだん》に困《こま》り、腕《うで》を組む。全員が、同じ疑問《ぎもん》に襲《おそ》われていた。

『（なぜブルマの試作品を杉崎（キー君、鍵、先輩）が……）』

謎《なぞ》は深まるばかりだった。……まさか、世の中に、私にさえ解《と》けない謎があるなんて……。とにもかくにも、謎を解くためにも、今はカバンの中身を確認《かくにん》することにする。

四品目。

「雑誌《ざっし》『モテ男になるための十の秘訣《ひけつ》』」

『…………』

……無言。ただただ、皆《みな》、無言だった。

…………。

五品目行きましょう。

「雑誌『周囲から浮《う》かない方法ベスト5』」

『もう遅《おそ》いよっ（遅いですよっ！）』

全員同時ツッコミだった。キー君……浮きたくないなら、雑誌読む前に、結構改善《けっこうかいぜん》しておくべきこと沢山《たくさん》あったと思うけど……。

いたたまれない気持ちのまま、次の品を取り出す。

六品目。

「書籍《しょせき》『ワガママな子供《こども》に対する正しい接《せっ》し方』」

『………』

「え？　なに？」

私と椎名姉妹《しまい》、三人とも、思わずアカちゃんを見る。アカちゃんは一人、ぽかんとしていた。深夏が、ぽつりと呟《つぶや》く。

「あとであたしも読んでおこうかな……」

「真冬も、そうする」

「？　なんで子育て本？　うん？」

アカちゃんはただただ、首を捻《ひね》り続けていた。……私も読んでおこう、あとで。

なんの雑務《ざつむ》に使ったのかはさっぱりだけど、キー君のことがようやく少しだけ理解《りかい》出来た気がしたところで、次の品。

七品目。

「っ……。……除霊《じょれい》用『清めのお塩』」

『いやぁあああああああああああああああああ！』

私以外の全員、ブルブル震《ふる》えてしまっていた。

アカちゃんが叫《さけ》ぶ！

「それが必要になる雑務ってなに！　なんなの！」

「それは、当然――」

「ああっ、待って知弦！　やっぱり聞きたくない！　知りたくないよぅ！」

「そ、そうね……」

私はそっと、そのお塩の袋《ふくろ》を脇《わき》によける。ちなみに、袋には「安心！　神無《かんな》ブランド」とか書いてある。……ブランドとかあるのね、その業界にも……。

いよいよ雑務カバンの中身は混沌《こんとん》としてきていたけど、ここでやめるわけにもいかない。

私は、勇気を出して再《ふた》びカバンに手を入れた。

八品目、そして、ワンセットになっていた九品目も一緒《いっしょ》に取り出す。

「十字架《じゅうじか》と……ニンニク」

「先輩《せんぱい》は毎日放課後なにと戦っているんですかっ！」

またも全員、ぶるぶると震えてしまっていた。流石《さすが》の私も、驚《おどろ》きを隠《かく》せない。……キー君……この学校の雑務って、本当に一人でこなせるものなの？　というか、生徒会がこなすべき仕事なの？

いよいよ彼の「雑務」が怖《こわ》くなってきたけど、もう私の手は止まらない。

十品目。

「……鞭《むち》」

「絶対《ぜったい》ドラキュラハンターですよっ、先輩！」

「待つのよ、真冬ちゃん。それは早計よ。鞭なら、普段《ふだん》から私も持ってるわ。極《きわ》めて一般《いっぱん》的な持ち物よ、これは」

私は自分のカバンから鞭を取り出して、「ほらね」と笑顔《えがお》で見せる。

……なぜか、皆《みな》、青褪《あおざ》めた顔で私を見ていた。

……？

仕方ないので、私は自分の鞭をごそごそとしまい、そうして、改めてキー君の雑務カバン調査《ちょうさ》を再開《さいかい》する。

十一品目。

「銀の弾丸」

「こりゃ敵《てき》は吸血鬼《きゅうけつき》だけじゃねえぞぉおおおおおおおおおお!?」

深夏が新たな敵の出現《しゅつげん》に興奮《こうふん》と恐怖《きょうふ》の入り混《ま》じった絶叫《ぜっきょう》を漏《も》らしていた。

「うちの校内……夜、色々徘徊《はいかい》しているのかな……うぅ」

アカちゃんが泣きそうだ。……大丈夫《だいじょうぶ》、アカちゃん。ここまで来たら、私でさえ、若干《じゃっかん》泣きそうよ。

キー君の「雑務」に非日常《ひにちじょう》の影《かげ》を感じつつ、私は、どんどん調査を進める。

十二品目。

「？　なにかしらこれ……霧吹《きりふ》き？」

出てきたのは、ちっちゃな霧吹きだった。試《ため》しに机《つくえ》の上でシャッと吹いてみるが、特にどうということもない。

皆で首を傾《かし》げていると……ふと、なんとなく、机の上がぽわっと発光した気がした。

私はハッと気がついて、皆に指示《しじ》を出す。

「皆、ちょっとカーテン閉めて、電気消して！」

私の指示に、椎名姉妹《しまい》が不思議そうにしながらも、従《したが》う。生徒会室が、暗闇《くらやみ》に包まれる。

その結果……。

「わぁ、光ってる……」

アカちゃんが、点々と光る机の上の紋様《もんよう》に、見惚《みほ》れている。

しかし……見惚れているのはアカちゃんだけで、私と椎名姉妹は、ドラマ等で見る知識《ちしき》と、そして、先日そこでキー君が鼻血を垂《た》らしたことを思い出して、三人、表情《ひょうじょう》を強張《こわば》らせていた。

『（る……ルミノール反応《はんのう》っ!?）』

ルミノール反応。それは、科学捜査《そうさ》において血痕《けっこん》を探《さが》す時に用《もち》いられる、化学反応。血の付着していた場所が、特殊《とくしゅ》な薬液《やくえき》を振《ふ》り掛《か》けることによって、淡《あわ》く発光する現象《げんしょう》。

…………。

一人はしゃぎ続けるアカちゃんを尻目《しりめ》に、私達は呆然《ぼうぜん》と発光を見守る。

『(け、血痕を追う必要のある雑務ってなに!?)』

……カーテンを開き、室内に光を取り戻《もど》す。アカちゃんが不満そうにしていたけど……あれ以上暗闇にいたら、キー君のことが本格《ほんかく》的に信じられなくなりそうだった。

今見たことを早めに忘《わす》れようと、私は、次の品を取り出す。

十三品目。

「携帯《けいたい》ゲーム機」

「杉崎のヤツ、それでも遊んでいる暇《ひま》とかあるんだっ!」

ある意味とても普通《ふつう》の品なのに、今となっては逆《ぎゃく》に怖《こわ》かった。雑務カバンに入っているということは、もしかして、これさえ何かに使うのだろうか？

ちなみに、入っているソフトは『ドキドキッ！　美少女学園パラダイスッ！』とかいう、イマドキ珍《めずら》しいぐらい直球のギャルゲーだ。……やっぱり、遊んでいるだけ？　でも、しかし……。

……いや、深く考えないようにしましょう。私の悪い癖《くせ》ね。もう、キー君の雑務カバンに関しては、まともな推理《すいり》をしても仕方ないわ。頭が痛《いた》くなるだけよ。

カバンの中身も残り少なくなってきた。私は、ゴールはもうすぐだと気力を振り絞《しぼ》り、次の品へと行く。

セットになっている、十四品目、十五品目、十六品目を続けざまに取り出す。

「えと、乾《かん》パン、手回しラジオ、長期保存《ほぞん》用飲料水……」

「備《そな》えてるっ！　ヤロウ、何かに備えているぞー！」

普通に考えれば、単純《たんじゅん》に地震《じしん》などのために備えているだけだと思えるけど……。今までの品揃《しなぞろ》えを見た後では、なにかそれ以外の『災害《さいがい》』に備えている気がしてならない。

生徒会室を、不穏《ふおん》な空気が満たし始めていた。……ああ、今になって気付いたわ。キー君の雑務カバンは……パンドラの箱だったのね。開いてはいけないものだった。

しかし……パンドラの箱だと言うのなら。最後には、希望が残されているハズ。

私は未来を信じて、調査《ちょうさ》を続ける。

もう、十六品目以降《いこう》を、連続で取り出していく！


「ガスマスク」

「て、敵《てき》は化物《ばけもの》のみとは限《かぎ》らないのでしょうかっ⁉」

「発煙筒《はつえんとう》」

「最早《もはや》活動場所が校内とは思えねぇ！」

「ドッグタグ」

「生徒会以外の何かに所属《しょぞく》している⁉」

「遺書《いしょ》」

「いつ死んでもいい覚悟《かくご》があるのですかっ！」

「金髪《きんぱつ》女性の写真。裏《うら》には『最愛の妻《つま》ミシェル』と……」

「なんなの、このハリウッド映画《えいが》みたいな背景《はいけい》！」

「あ、赤ん坊《ぼう》の写真も……」

「子持ちだったのかよっ！」

「でも、裏には『ターゲット』って書かれているわ」

「凄《すご》くイヤな予感のする任務《にんむ》っ！」

「そして、血の付いた、もう一つのドッグタグ……」

「戦友でも死んだのかっ⁉」

「化粧水《けしょうすい》」

「こんな状況《じょうきょう》でも美容《びよう》には気をつけているのですねっ！」

「あれ？　カバンの隠《かく》しポケットに、ビニールに入れられた白い粉が……」

「何か運んでるぅ――――！」

「口紅《くちべに》」

「それでもオシャレは忘れない先輩《せんぱい》！　っていうか女装《じょそう》⁉」

「焦《こ》げたサングラス」

「誰《だれ》かの形見っぽいわねっ！」

「ん？　あれ？　カバンの裏に何かついて……発信機？」

「まだ危機《きき》は去ってねぇのかっ！」

「しかしここに来て、雑誌《ざっし》『ピチピチ女子高生99連発！』」

「なんかここまで来ると、逆に尊敬《そんけい》できるわ、その本を持ち歩ける余裕《よゆう》！」

「あ、手紙あるわ。読むわね。『スギサキ……。お前がこの手紙を読んでいる時、俺《おれ》はもう生きていないだろう。すまない。しかしもう、お前に託《たく》すしかないんだ。あの日、俺達はエリア51で……』」

「読まなくていいですよ！　っていうか、もう聞きたくないです！　聞いちゃいけない気がします！」

「ボールペン」

「たまに日常《にちじょう》が挟《はさ》まってくるよなぁ！」

「韓流《はんりゅう》ドラマ『冬のモナカ』DVD-BOX」

「意外とコイツ余裕あんだよな……」

「……あ、今ので終わりだったわ」

「なんかしょーもない終わり方した――――――――――――――――！」

　というわけで、キー君のカバンの中身を全部出し終わった。……机《つくえ》の上を見ると、今や、どうやってこの小さなカバンの中に全部納《おさ》まっていたのか想像《そうぞう》出来ない物量の、カオスな品々が散乱《さんらん》している。

そして、その品々を囲み、ぐったりと机に突《つ》っ伏《ぷ》している生徒会メンバー達。……倒《たお》れてこそいないものの、私も気持ちは痛《いた》いほど分かった。

「雑務《ざつむ》って……本当に多岐《たき》にわたるのね……」

アカちゃんがぼんやりとそんなことを呟《つぶや》く。そういう次元の問題じゃないと思うけど……。

椎名姉妹《しまい》までアカちゃんに同調している。

「鍵……アイツ、もしかしたら本当に『主人公』なのかもしれねぇな……。この生徒会室以外を舞台《ぶたい》にした学園異能《いのう》バトルかなんかの」

「そうですね……。放課後、真冬達の知らない非《ひ》日常の戦い……電○文庫的な物語に、複《ふく》数巻《すうま》き込《こ》まれているのかもしれません」

た、確《たし》かに、そう言われれば、そんなことがあってもおかしくない気はしてくる。なにせあの子、問題を一人で抱《かか》え込むどころか、私達が知る前に解決《かいけつ》する傾向《けいこう》にあるものね……。実際異常《じっさいいじょう》な事件《じけん》が起こったりしたら、ヒーローのように「正体を隠《かく》して戦う」的選《せん》択肢《たくし》をとるかもしれない。

いや、でも、しかし、いくらなんでも化物退治《たいじ》しているというのは――

「杉崎の性欲《せいよく》があんなに強いのも、常《つね》に生と死の狭間《はざま》に身を置くことによって、種を保存《ほぞん》しようという本能《ほんのう》が暴走《ぼうそう》しているからかもしれないわね……」

「いえ、アカちゃん、そんなことは……」

「ハーレムハーレム言っているのも、人一倍、穏《おだ》やかな日常の価値《かち》を知っているからなんだろうな……」

「み、皆《みんな》、どうしたのよ。なんでそんなに急激《きゅうげき》にキー君への好感度上がっていってるの？　おかしいわよ、皆」

「先輩《せんぱい》……日夜、真冬達のために身を挺《てい》して……。ううっ！　真冬は……真冬はっ、そんな先輩のためならなんでもしてあげられますっ！」

「ちょ、ちょっと!?　み、皆、一度冷静になりなさい！」

「杉崎……」「鍵……」「先輩……」

皆の目が、今風邪《かぜ》で寝《ね》ているであろうキー君の想像図《そうぞう》を投影《とうえい》して、とても慈愛《じあい》に満ちた感じになっていた。

お、おかしいわっ！　当人がいない日に限《かぎ》って、なぜか彼の好感度がありえない速度で上昇《じょうしょう》していくっ！

お、恐《おそ》ろしい子っ！　キー君！　実際に触《ふ》れ合わない方が、女の子に対して好印象を与《あた》

える《ママ》れるなんてっ！　なんなの、キー君のその捻《ひね》くれた特性《とくせい》！

そりゃあ、私だって、これらの想像が事実だっていうのなら、彼に対して思うことはある。しかし、いくらなんでも、こんな荒唐無稽《こうとうむけい》な「雑務」はありえない。少なくとも私だけは、そこを勘違《かんちが》いしないようにしなければ。

そう。アカちゃんは元々子供《こども》で、騙《だま》されやすい子だし。深夏は熱血な物語にすぐ感化されちゃうし。真冬ちゃんは、創作《そうさく》と現実《げんじつ》の境界《きょうかい》をすぐに見失う子だ。ちゃんと、私だけは、事実を見つめないとっ！

私は自分達の「日常」を取り戻《もど》すためにも……思い切って、キー君に電話をかけることにした。とにかく、カバンの中身のことを確認《かくにん》とって、そして、皆の誤解《ごかい》を解《と》こう。

ケータイを取り出し、メモリーからキー君のナンバーを呼び出し、通話ボタンを押《お》す。

『はい、もしもしっ！　げほっ！』

いつも通り、キー君はワンコールで出た。どうもあの子、女の子から電話がかかってくると、神速《しんそく》で通話口に出る傾向《けいこう》にあるみたい。

私は、あんまり無理させても悪いなと気遣《きづか》い、手短に用件《ようけん》を伝えることにする。

「あ、キー君？　私、知弦よ」

『知弦さんっ！　わざわざ電話くれるなんて、感激《かんげき》です！　げ、げほっ！』

「キー君……風邪の時くらい、テンション下げた方がいいわよ」

『うぅ……そうなんですけど、無理なんです。女の子から電話かかってくるっていうそれだけで……俺のテンションはMAX！　げほっ、がほっ、がっ』

……難儀《なんぎ》な子だ。

「本題に移《うつ》るわね。キー君、あの、雑務カバンのことなんだけど……」

『げほっ、がほっ、ぐ、がはっ、ごほっ』

「ちょ、ちょっとキー君⁉　大丈夫《だいじょうぶ》⁉」

『だ、大丈夫です。駄目《だめ》ですね……最近、深夜まで汗《あせ》だくで校内を全力疾走《しっそう》することが多かったんで……遂《つい》に風邪ひいちゃいましたよ』

「深夜まで校内全力疾走⁉　ちょ、キー君、貴方《あなた》の雑務って――」

『あ、ちょっと待って下さい知弦さん。昨日捕《つか》まえたルシフェルが逃《に》げ……よっと！　あ、お待たせしました。なんですか？』

「なに⁉　今なにが逃げそうになったの⁉　その不吉《ふきつ》な名前の存在《そんざい》なに⁉」

『げほっ、がほっ、ごほっ！……ちっ……こりゃあ、まだ『呪《のろ》い』が残ってたか……』

「キー君、風邪なのよねぇ⁉」

『え？　ああ、はい、風邪ですよ。アハハハハー』

「なにその三文芝居《さんもんしばい》！　なんか隠《かく》してる⁉　隠してるの⁉」

『俺が知弦さんに隠し事なんてするはずないじゃないですか。さっきから、なんかおかしいですよ？　知弦さん。いつもの冷静さがないというか……』

「そ、そうね……ごめんなさい。ちょっと、冷静になるわ」

数回深呼吸《しんこきゅう》を繰《く》り返し、冷静さを取り戻す。……よし、大丈夫。

——と、電話のむこうから妙《みょう》な音声が聞こえてきた。

『……《緊急任務《きんきゅうにんむ》よ、スギサキ！　シンガポール上空に『奴《やつ》』が現《あらわ》れたわ！　現地《げんち》のエージェントと合流して、今度こそ『奴』を討《う》——》』

ぶつっと、そこで、不自然に謎《なぞ》の音声が途切《とぎ》れる。

私が汗《あせ》をダラダラかいていると、電話口で、キー君が不自然なことを言い出した。

『あ、知弦さん。俺、ちょっと寝《ね》るんで、もう電話切りますねー』

「う、嘘《うそ》おっしゃい！　シンガポールでしょう！　キー君、貴方、今からシンガポール向かうんでしょう！」

『ハハハ。ナニヲイッテルノヤラ』

「最早演技《もはやえんぎ》にさえなってないわよ！　キー君！　貴方、一体本当は何者——」

『知弦さん、さっきから何を言ってるんです？　俺は、ただの、性欲《せいよく》がちょっと強いだけの男子高校生ですよ。大丈夫ですか？』

「……え、ええ。ごめんなさい。そ、そうよね、さっきのは私の聞き間違《まちが》い――」

『《スギサキ、何してるの！　早くして！　貴方が居ないと……『奴』に地球が滅《ほろ》ぼされてしまうのは時間の問題よ！》』

「⁉」

『あ、すいません、知弦さん。ちょっと、急ぎのバイトが入ったんで、そろそろ――』

「バイト⁉　バイトなの⁉　貴方が関《かか》わっているその地球規模《きぼ》の何かは、バイトなの⁉　貴方の異常《いじょう》行動は、雑務《ざつむ》だけじゃなくバイトにも及《およ》んでいたの⁉」

『げほっ、がほっ、ごほっ。……くっ……全然力が湧《わ》かない……』

「なんか大ピンチよねぇ⁉　今、何気に、地球大ピンチよねぇ⁉」

『なに言ってるんですか、知弦さん。俺の体調が悪いだけで、別に地球とか関係ないですよー』

「……そ、そう、よね。うん……さっきまではそう信じていたんだけど……」

『あ、じゃあ、そろそろ切りますよ』

「え？　あ、ええ。そうね……ごめんなさい、風邪なのに、変な電話しちゃって。ちょっと私、色々あって、動転してて……」

『ハハッ、気にしないで下さい。俺は、知弦さんの声が聞けただけで、元気百倍ですから』

「キー君……。ありがとう。じゃあ、お大事にね」

『はい。じゃあ……このケータイ、海外じゃ通じないんで、切りますね』

「!?」

『じゃっ』

「キー君!?」

ツー、ツーと、無機質《むきしつ》な電子音が聞こえてくる。

私のいつにないハイテンションなやりとりが気になったのか、すっかりメンバーから注目されてしまっていたが……私は、無言のまま、ケータイを切る。

そうして……皆《みな》が心配そうに見守る中……私は、顔を上げて、皆に、キッパリと告げた。

「皆《みんな》……キー君は、本物よ。地球は……彼のおかげで守られていたのよ！」

＊

俺は、ベッドの上にダイブすると同時に、ケータイを床《ゆか》に落としてしまった。

「…………？」

あ、やべ、くらくらする。昨日ぐらいから……頭がぐっちゃぐちゃで、自分が何してるか全然わかんね。なんかさっき知弦さんから電話来ていた気がするけど……なんか、テキトーに喋《しゃべ》ってしまった気がするし。

「あ……そういや……雑務カバン……」

そうそう。昨日……なんか、このおかしな状態《じょうたい》のまま、雑務カバンに変なもの詰《つ》めまくってしまった気がする。すんごい妙《みょう》なテンションだったから、巡《めぐる》まで巻《ま》き込んで、ドラマで使う小道具とか、ぐっちゃぐちゃと詰めたような……。

それに、調子に乗った巡と一緒《いっしょ》に、彼女脚本《きゃくほん》の、アホな自主制作《せいさく》SFドラマまで撮《と》ってしまったし。中目黒《なかめぐろ》とか守《まもる》まで巻き込んで。

さっき知弦さんから電話来た時に丁度それのDVDかけてたんだが……途中《とちゅう》で一回大音量にしてしまったような。慌《あわ》ててミュートにしたけど、もう一回ぐらい、音量ボタン押しちゃったりしたっけ。恥《は》ずかしいなぁ。聞かれたかなぁ、あれ。

いや、まあ、問題ないだろう。今はとにかく、風邪を治《なお》さないと。

「むにゃ明日は……バイトと雑務……ルシフェルが……シンガポールで……」

ありゃりゃ？　駄目《だめ》だ、昨日から、どうも現実《げんじつ》とあのドラマがごっちゃになってる。

……とても人と喋れる状態《じょうたい》じゃねえなぁ、こりゃ、知弦さんにも、変なこと言ったかも。

ま、あの冷静な知弦さんのことだ。こんな、アホで荒唐無稽《こうとうむけい》な妄言《もうげん》を信じるなんてこたぁ、絶対《ぜったい》無いだろう。

よし、明日会ったら、まずは雑務サボったこと謝《あやま》らないとなぁ……。

＊

ちなみに、翌日《よくじつ》。

『お勤《つと》め、ご苦労様です！』

「……へ？」

生徒会室に行ったら、なぜかメンバー全員に全力で敬礼《けいれい》されました。

「ゲーム化希望!」

by 真冬

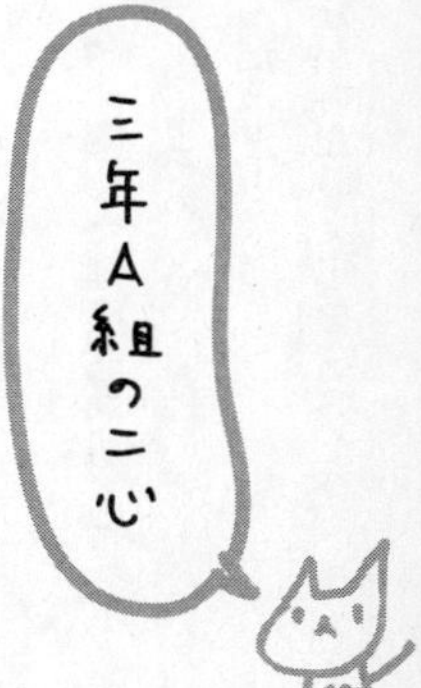

【三年A組の二心《ふたごころ》】

「う、うー」

閑散《かんさん》とした教室。他のクラスメイト達はぞろぞろと体育館に移動《いどう》を開始している中、アカちゃんはとても恥《は》ずかしそうに、シャツの裾《すそ》を引っ張《ぱ》っていた。

私はその光景にとてつもない愉悦《ゆえつ》を感じつつも、「大丈夫《だいじょうぶ》よ」と優《やさ》しく声をかける。

「一応《いちおう》学園公認《こうにん》の体操着《たいそうぎ》なんだから。堂々としていたら?」

「で、でも、でも」

私がいくらフォローしても、アカちゃんは頬《ほお》を赤くしながらもじもじとして、体育館に向かおうとしない。

私は苦笑《くしょう》しながらも……彼女の格好《かっこう》を、改めて眺《なが》めた。

小さな背丈《せたけ》。メリハリの無いボディライン。赤子のようにすべすべした健康的な肌《はだ》。この辺は、普通《ふつう》ではないものの、「いつも通り」ではある。問題は……その、服装《ふくそう》だ。

次の授業《じゅぎょう》は体育だから、体操着。それはいい。いいはずなんだけど……。

アカちゃんが、目の端《はし》に涙《なみだ》を浮《う》かべつつ、何度目になるか分からない文句《もんく》を呟《つぶや》いた。

「なんで……『ブルマ』なのよぉ」

そう。彼女はブルマを穿《は》いている。生憎《あいにく》今はシャツの裾を引っ張っているせいで隠《かく》れてしまっているけど、その下は、皆《みな》が普段《ふだん》つけている体操着……「短パン」じゃなくて、彼女だけ「ブルマ」だった。私も、なにげに実物着用を見るのは初めてかもしれない。

こうなった経緯《けいい》は単純《たんじゅん》。体育があるというのに、今日アカちゃんは体操着を忘《わす》れてしまった。他の人に借りようにも、彼女と身長が似《に》たり寄《よ》ったりの生徒はかなり限《かぎ》られるし、運の悪いことに、数少ないその友人達も、今日は体操着を持ってきてなかった。

結局購買《こうばい》で買おうということになったのだけれど、これまた運悪く、普通の体操着……短パンは、品切れだった。普通ならそこで諦《あきら》めるところだけど、幸か不幸か、なんと、「ブルマ」だけは一着、置いてあり。そして……こうなっている。

実はこの学校の体操着は、短パンに指定されているわけじゃない。ブルマと短パン、二つの選択肢《せんたくし》が、元々あるにはあった。だけど……私もだけど、イマドキ好き好んで自分からブルマを買い求める女子はそういない。結局、今となっては誰《だれ》も穿かない、幻《まぼろし》の体操着的扱《あつか》いだった。

「ブルマ置いておくぐらいなら、短パンを多目に入荷《にゅうか》しておいてよぅ」

アカちゃんはまだぶつぶつと購買に文句をつけていた。私はとりあえず今のうちに彼女

の写メを撮《と》りつつも、「仕方ないじゃない」とたしなめる。それに
「そもそも忘れてきたアカちゃんが悪いのだから。それにおばちゃん、どうせ売れないかおばちゃん、どうせ売れないからってタダでくれたんだし、いいじゃない」

「そ、それはそうだけど。……なんでブルマなのよぅ」

「あっただけ、よしとしたら？　体操着が無いから見学なんて、アカちゃんもイヤでしょう？」

　この子は運動神経《しんけい》もへっぽこなのに、なぜか体育は大好きだったりする。ただ机《つくえ》の前を離《はな》れられるというだけでテンションが上がってしまう、小学生感性《かんせい》を持っている子なのだ。

　アカちゃんは「そうだけど……」と、頬を膨《ふく》らませる。

「皆がブルマならまだ救われるけど……一人だけこれなのは、やっぱり辛《つら》いよぅ」

「大丈夫。似合っているわよ、アカちゃん」

「ニヤケ顔で言われても嬉《うれ》しくないよー！」

「とにかく、ほら、そろそろ体育館向かわないと授業遅《じゅぎょうおく》れちゃうわよ、アカちゃん」

「ああ、待ってよ知弦《ちづる》ー！」

　私が歩き出すと、ようやく裾を引っ張るのを止《や》め、とてとてとついてくるアカちゃん。

　……さて、今日の授業も、面白《おもしろ》いものが見られそうね。

＊

体育館へと向かうと、なぜか体操服を着た真儀瑠《まぎる》先生が腕《うで》を組んで仁王立《におうだ》ちで待ってい
た。
「遅《おそ》いぞっ、桜野《さくらの》、紅葉《あかば》！」
「すいません」
「うぅ……恥ずかしいし怒《おこ》られるし真儀瑠先生だし……今日は厄日《やくび》だよぅ」
アカちゃんは再《ふた》び涙目になりながら、私は彼女の分も頭を下げながら、既《すで》に並《なら》んでいた
クラスメイト達に合流する。男子も女子も出席順で二列ずつに並んでおり、いつも通り、
出席番号一番の私と、丁度《ちょうど》折り返し地点のアカちゃんは先頭で隣《とな》り合うこととなった。
そのためか、先生は明らかに私達に向かって、授業を始める。まず、今日は体育の教師《きょうし》
が休みであり、代わりに自分が来たことを説明。そして——。
「こほん。今からキミ達には、殺し合いをして貰《もら》う」
「いやだよっ！」

アカちゃんが速攻《そっこう》で拒否《きょひ》する。しかし真儀瑠先生は、某大御所《ぼうおおごしょ》お笑い芸人の顔マネ（恐《おそ》ろしく似てない）をしながら、アカちゃんを睨《にら》みつける。

「ブルマに拒否権《きょひけん》は無い！」

「ブルマ差別反対！」

「そんな、前時代の聖遺物《せいいぶつ》を持ち出してまで、好感度を上げようという桜野の精神《せいしん》……。先生は、嫌《きら》いじゃないぞ。嫌いじゃないが、殺し合いはして貰う」

「だったら嫌いでいいよ！　嫌われていいから、殺し合いはやめてよっ！」

「む。桜野……聞き分けの無い子は、先生、嫌いだな」

真儀瑠先生の雰囲気《ふんいき》が少し変わった。私は「ある空気」を敏感《びんかん》に感じとり、これはまずいと、アカちゃんに小声で忠告《ちゅうこく》をする。

「アカちゃん、これ以上反対したら、完全に死亡《しぼう》フラグ――」

しかし、アカちゃんは私のアドバイスを全く聞いてなかった。いつもの調子で、ぎゃあぎゃあと先生に噛《か》み付く。

「こんな馬鹿《ばか》げた授業はないわ！　体育の先生が休みなら、他の先生を連れて――」

《バキュン！》

瞬間《しゅんかん》。銃声《じゅうせい》が体育館に響《ひび》き渡《わた》った。私の隣では……血でシャツの胸元《むなもと》が真っ赤に染《そ》まった、アカちゃん。彼女はゆっくりと自分の状態《じょうたい》を確認《かくにん》し……そして顔を真っ青にし、コテっと倒《たお》れる。

……アカちゃんが、死んだ。

クラスメイト達は一瞬シンと静まりかえり、そしてパニック——になるかと思いきや、さすがこの学園に通《かよ》って三年目の生徒達。全員、シラーッとしていた。皆《みな》の思っていることは、私も、手に取るように分かる。

(あー、なんかまた面倒臭《めんどうくさ》いイベント始まったぞ、これ)

三年A組全員が、そう思っていた。真儀瑠先生は、人を撃《う》っておいて、「あれ?」と無《む》邪気《じゃき》に首を傾《かし》げる。

「お前らどうした。そこはほら、人として、クラスメイトの死にパニックを起こし、泣いたり喚《わめ》いたりするところだろう」

その先生の発言に……私の後ろに並んでいた女子、井上《いのうえ》さんがぽつりと呟《つぶや》く。

「いや、だって、すんごいケチャップの匂《にお》いしてますし……」

それは、その場に居《い》た全員の感想だった。匂いが届《とど》かない場所の生徒も、本当にアカちゃんが撃たれたなんて思っていやしない。……騙《だま》されてるのは、ただ一名。自分が胸《むね》を撃ち抜かれたと思いこんで、未《いま》だに「死体」になっている、この可愛《かわい》らしい未発達ブルマ少女ただ一人だ。

アカちゃんが「うー、死んだー」と苦しそうに呻《うめ》いている中、真儀瑠先生は仕切りなおす。

「とにかく、今日は殺し合いだー！」

「そんな爽《さわ》やかに言われましても」

男子の先頭である、有沢《ありさわ》君がツッコム。しかしその瞬間、またも先生の拳銃《けんじゅう》が火を吹《ふ》いた。

《バキュンッ！》

「ぎゃあああ！　早く洗濯《せんたく》しないと、色が、色が染《し》みるー！」

有沢君が死んだ。アカちゃんと同様、胸を撃ち抜《ぬ》かれて。……確《たし》かに、撃たれるの、地味にイヤだわ、アレ。

しかし、相変わらずニッコニコと笑顔《えがお》の真儀瑠先生。

「皆の分もケチャップピストル用意したからなー！　存分《ぞんぶん》に戦《たたか》えー！」

真儀瑠先生の発言を受けて、私は思わず額《ひたい》に手をやる。

「その戦い、誰に得があるんですか……」

「戦争なんて、無益《むえき》なものなんだぞ、紅葉。それでいいじゃないか」

「じゃあやめて下さい」

「やだ。つまんない」

「…………」

学校をなんだと思っているのだろう、この教師《きょうし》は。

「戦争は何も生《う》まないということを、今回の《ケチャピ戦争》によって、皆で学ぼうという企画《きかく》だぞ」

「今考えましたでしょう、その言い訳《わけ》」

でも、なにか妙《みょう》に琴線《きんせん》に触《ふ》れる単語ね、ケチャピ戦争。

「とにかく、レクリエーションの気持ちでいいから参加しろ、お前ら。参加しないと、撃つぞ」

まさかの、教師による生徒脅迫《きょうはく》だった。……訴《うった》えたら、このご時世、簡単《かんたん》に勝てるんじゃないかしら、これ。

私達は渋々《しぶしぶ》、配布《はいふ》されるケチャピを手に取る。ふと「真儀瑠先生を撃とうかしら」という考えが頭を過《よぎ》ったけど、その瞬間先回りして「私を撃ったら退学《たいがく》な」と言われてしまったので、機会を逸《いっ》した。……相変わらず、いやな意味で上手《うわて》の人だ。子供《こども》の心を持っている上に賢《かしこ》い人って、もう、どうしようもないと思う今日この頃《ごろ》。

「アカちゃん、そろそろ起きた方がいいわよ。武器《ぶき》配布《はいふ》されてるから」

「うー、死んだー。私は死んだー」

「変な暗示《あんじ》を自分にかけるのはやめておきましょうね。ほら、早く起きなさい」

「う。……あれ？　知弦？　私、死んだはずじゃ……」

アカちゃんはよろよろと、ようやく起き上がる。私は先生から貰《もら》っておいたアカちゃんの分のケチャピを彼女に渡《わた》しつつ、状況《じょうきょう》を説明した。

アカちゃんが、「なるほど……」と呟く。

「つまり今、世界の命運は私達にかかっているというわけね！」

「うん、私の話、全然聞いてないわね」

「よーし、やるぞぉー！　クラスメイトを、バシバシ殺すわよ！」

「生徒会長にあるまじき発言ね」

私とアカちゃんが雑談《ざつだん》している間に、先生は授業《じゅぎょう》を進める。

「ルールは簡単。服や体がケチャップで汚《よご》れたら、敗退《はいたい》。っていうか死亡《しぼう》」

「言い直さなくても……」

井上さんが、呆《あき》れたようにツッコンでいた。

「死んだ生徒は、当然戦闘《せんとう》不能《のう》。だから、死んだ後に発射《はっしゃ》したケチャップで服が汚れても、それはノーカンだ」

「誰が判定《はんてい》するんですか？」

「んと……。……それぞれが、報告《ほうこく》してくれ。やられた人の撤退《てったい》&自己《じこ》申告《しんこく》メイン」

「緩《ゆる》い殺し合いですね……」

そこで、さっき「死んだ」有沢君がごしごしとケチャップを落とそうとしながら、質問《しつもん》する。

「さっき死んだ俺《おれ》や桜野は、もう参加しなくていいんですか？」

その発言に、アカちゃんが「えー！」と不満の声を上げる。……酷《むご》い殺され方したくせに、この企画に乗り気らしい、この子。

先生は「そうだな……」と口元に手をやった。

「参加したいならしてもいいぞ。紛《まぎ》らわしいが、それもまた醍醐味《だいごみ》」

「なんの醍醐味ですか。……そういうことなら、俺はパスします。これ以上汚れたくないし……」

「桜野はどうする？」

先生に質問され、アカちゃんは胸《むね》を張《は》った。

「とーぜん参加するよ！　やられっぱなしなんて、イヤだよ！　会長として！」

「会長であることは一切《いっさい》関係ないと思うが、その心意気は買おう。よし、そういうことで皆《みんな》、桜野の今の汚れ……胸元《むなもと》のやつはノーカンだ。彼女を殺すなら、もう一発当てろ。胸でもいいが、紛らわしいから、出来れば別のところにな」

「よっし、やるぞぉー！」

アカちゃん（胸に血がついたブルマ少女で生徒会長）は、銃《じゅう》を持って気合を入れていた。

……なんかすっごく、子供《こども》の教育上よろしくない授業な気がしてきたわ。

最後に、先生がルールを補足《ほそく》する。

「ちなみに、許可《きょか》はとったから、この戦いは校内全域《ぜんいき》を舞台《ぶたい》とする！」

なんて迷惑《めいわく》な授業なのだろう。

「勿論《もちろん》、最後まで生き残っていたものの評価《ひょうか》が一番高い！　そして、殺した人数の多さも、評価ポイントだ！」

こんなセリフを、まさか授業で聞くことになるとはね。

「ちなみにケチャップ量は、キッカリ三発分！　他の生徒から銃を奪《うば》うのは不可《ふか》！　よって、狙《ねら》い澄《す》まして確実《かくじつ》に当てていけ！　ただ、慎重《しんちょう》になりすぎても殺人ポイントは稼《かせ》げないからな！　そこら辺、駆《か》け引きだ！」

別にこんなところで頭を使いたくはないのだけれど。

「では、今から十分後、開戦だ！　それぞれ、校内に散れ！　開戦までは戦闘しちゃ駄目《だめ》だぞ！　制限《せいげん》時間は、チャイムが鳴るまで！　では……解散《かいさん》！」

その瞬間《しゅんかん》、生徒達は体育館から一斉《いっせい》に駆け出し――たりは当然しなかった。皆、「だっりぃー」「私、どこかに隠《かく》れて寝《ね》てよー」「この学園に安定した日常《にちじょう》っていうのはないのかよ……」などと呟《つぶや》きながら、だるーい感じで解散していく。

「はっはっはー！　私が、一番になるよー！　知弦も、倒《たお》しちゃうからねっ！」

ただ一人。アカちゃんだけは、私に宣戦布告《せんせんふこく》して、ぴゅーっと校内へと駆けていった。

………………。

「桜野は元気だなぁ。………………無駄《むだ》に」

男子生徒の一人が、そんなことを呟いていた。

今流行の「エコ」「エネルギー節約」とは最もかけ離《はな》れた少女。それが、桜野くりむという人間なのかもしれない。

私は嘆息《たんそく》しながら、出来るだけ体力を使わないよう省電力モードで、ゆったりとその背《せ》を追うのだった。

＊

「きゃあっ！ いやっ！ いやっ！ 死にたくない！ 死にたくないわ！」

「ごめんなさいね、梶原《かじわら》さん。これが……戦争と言うものなのよ」

「くっ！ やめろ！ 裕子《ゆうこ》に手をだすな！」

「あら、山田君。彼女である梶原さんを守ろうと立ちはだかるなんて……随分《ずいぶん》男気あるのね。でも……諦《あきら》めなさい。私は知っているわ。貴方《あなた》のケチャピは、既《すで》に使い切っている。当然、梶原さんのもね」

「⁉ 紅葉……お前、なんで、そのことを……」

「くくく。さぁて。……ところで、どうして貴方達は、さっき、続けざまに戦闘するハメになってしまったのかしらねぇ」

「そんなの、偶然《ぐうぜん》バッタリ他のヤツらと出くわして、乱戦《らんせん》に――ハッ、まさかっ！」

「気付くのがもう少し早かったら、平和に長生きできたかもね。山田君」

「ちくしょおおおおおおおおおおおおおおおおおおおおおおおおお！」

「義也《よしや》ぁー！」


「さようなら、二人とも」


と、いうわけで。

会戦から二十分。私は、罠《わな》に嵌《は》めたカップルを無残にも殺し（二人ともケチャップまみれでシクシク泣いている）、余裕《よゆう》で「二殺人ポイント」を稼いでいた。これであと一人殺せば、私は晴れてＭＡＸの「三殺人ポイント」。あとはテキトーに逃《に》げ回っていれば、最高評価を得られる。

さて、あまり戦場に長居《ながい》するのは良くない。カップルが散々騒《さわ》いでしまった。有効《ゆうこう》に使えばカモをおびき出す手段《しゅだん》にもなったけど、この場では警戒《けいかい》すべき範囲《はんい》が広すぎる。そんな疲《つか》れることはしたくない。

私は地理的に有利な条件《じょうけん》を獲得《かくとく》するため、移動《いどう》を開始した。壁《かべ》に張りつき、ケチャピを構《かま》え、ガラス窓《まど》の反射《はんしゃ》を利用して先の様子を確認《かくにん》しつつ、安全な場所を目指《めざ》す。

そうして、警戒しながら馴染《なじ》みある三階に上がったところで……異変《いへん》が起きた。

「わきゃっ⁉」

寄声《きせい》。……誰《だれ》の声か想像《そうぞう》がついたけど、私は、壁からそぉっと顔を覗《のぞ》かせて様子を窺《うかが》う。

そこでは、生徒会室近くの廊下《ろうか》で、アカちゃんがぺたんとへたり込《こ》んでいた。そして、タタタッと誰かが駆けてく気配。……どうやら、軽く戦闘《せんとう》があったようね。

「うぅ、死んだよぅー」

アカちゃんががっくりと肩《かた》を落とす中、私は、周囲に他のクラスメイトがいないことを警戒しつつ、彼女に近付いていった。

「残念だったわね、アカちゃん」

「あぅ、知弦ぅ」

振り向くアカちゃん。顔にべったり、ケチャップがかかっていた。……相変わらず酷《むご》い死に方ねぇ。

「折角《せっかく》一人倒《たお》して、上機嫌《じょうきげん》で歩いていたら……出会《であ》い頭《がしら》に撃《う》たれちゃったよぅ」

「ああ、アカちゃんらしいやられ方ね。というか、私は、アカちゃんが一人倒せたことに、むしろ驚《おどろ》きだわ」

「ん、最初に会った中村君《なかむら》が『桜野に銃口《じゅうこう》を向けるのって、なんかすげぇ罪悪《ざいあく》感するな、おい』って撃つのを躊躇《ためら》って、見逃《みのが》してくれたんだけど。そうして去り行く彼を、私は背《はい》後《ご》から容赦《ようしゃ》なく撃った」

「その状況《じょうきょう》で簡単《かんたん》にクラスメイトを裏切《うらぎ》るアカちゃんは、大物の器《うつわ》ね」

まあ、私でも撃つだろうけど。

「でも、さっき会った誰かは本当に出会い頭だったから……反射《はんしゃ》的に撃たれちゃったよぅ。私も撃ったけど、はずれちゃったみたいだし。うぅ、なんか納得《なっとく》いかない終わり方だよぅ」

確《たし》かに、全力を尽くして戦って負けたというより、事故《じこ》で死んでしまったようだった。無念だろう。

アカちゃんはよろよろと立ち上がると、ハンカチで顔のケチャップを拭《ぬぐ》いながら、「知弦は？」と訊《たず》ねてきた。

「私は二人倒したところ」

「凄《すご》いじゃない！　あと一人倒して生き残れば、優勝《ゆうしょう》だよ！」

「優勝とかそういうゲームじゃないけど……」

私はそう言いながらも、アカちゃんの現状《げんじょう》を見ながら、一つ嘆息《たんそく》する。

「でも、どうもそれはそれで骨《ほね》が折れそうね、アカちゃん見る限《かぎ》り。二人倒したただけで、満足しておこうかしら」

「？　どういうこと？」

「このゲーム……実は終盤《しゅうばん》になればなるほど、敵《てき》が強くなるのよ。運も実力も兼《か》ね備《そな》えた選《よ》りすぐりが、好成績《こうせいせき》が目の前にあることで、攻《せ》めも守りも序盤《じょばん》よりギラギラした状態《じょうたい》で行っているのよ」

「なるほどー。知弦みたいな人は残りのカモを探《さが》すので必死だし、三ポイント稼《かせ》いじゃっている人は、隠《かく》れるのに必死だもんね」

「そういうこと。残念ながら三年A組は地味に優秀《ゆうしゅう》なクラスメイト多いしね。アカちゃんを、出会い頭でも頭を正確《せいかく》に撃ち抜《ぬ》いて逃げちゃうヤツもいるぐらいだから」

「そっかー。それじゃ知弦が保身《ほしん》を考えても、仕方ないよねー」

そのアカちゃんのなにげない発言に……私は、ぴくりと、反応《はんのう》してしまった。

「保身？」

「だってそうでしょ？　二ポイントで満足しちゃうんだから……」

「………………」

大人気《げ》ない、とは思うものの。いつもキー君に「冒険心《ぼうけんしん》が足りない」とか言っている身としては……アカちゃんのその評価《ひょうか》は、非常《ひじょう》に、気に障《さわ》った。

私はしばし俯《うつむ》くと……アカちゃんが首を傾《かし》げる中、唐突《とうとつ》に、「ふふっ」と笑う。

「そう言われたら……私も、引くわけにはいかなくなったわね」

「あ、相変わらずひねくれてるね、知弦」

「仕方ないわね……真儀瑠先生に踊《おど》らされるのはシャクだけど、こうなったら、私も本気を出そうかしら」

「本気じゃなかったんだ……それで二ポイントも稼《かせ》いだんだ……」

アカちゃんが私を畏敬《いけい》の目で見つめている。そう、私は、こういう評価を貰《もら》いたいんだ。保身に走る女とは、断固《だんこ》として思われたくない。

そうして、私はこの終盤のゲームに勝つ作戦を一瞬《いっしゅん》のうちに頭で組み立てると……アカちゃんに、ある協力を頼《たの》んだのだった。

＊

「誰かいるかしらー？」

私は、家庭科室に入ると同時に、大きく室内に声をかけた。反応は返ってこない。

私に続いて、アカちゃんも入室しながら、声をあげる。

「まだ生き残ってる人いるー？　出来れば状況《じょうきょう》を聞きたいんだけどー」

「私達は被弾《ひだん》して、今から体育館に帰るところだから、ついでに真儀瑠先生に戦況を報告《ほうこく》しておくわよ」

そう声をかけながら、室内に進み出る。アカちゃんは胸《むね》や頭にべっとり。私も、背中《せなか》にケチャップが付着しているのが、一目瞭然《いちもくりょうぜん》だった。

私は、嘆息しながらぼやく。

「さすがに背後《はいご》から撃たれたんじゃ、どうしようもないわよ……まったく」

「あはは、残念だったねー」

二人でそんな雑談《ざつだん》を繰《く》り広げる。

そうこうしていると、家庭科室に動きがあった。ガタゴトと音がして、一つの調理台の下から、男子生徒……広川《ひろかわ》君が出てくる。スポーツ刈《が》りで長身の、野球部部長だ。見た目通り、凄《すご》く運動神経《しんけい》がいい。その上成績《せいせき》もトップクラス。なるほど、最後まで生き残っていて不思議のない人材だった。私でも、正面から戦っていたら負けていただろう。

彼は周囲を警戒《けいかい》しながらも、私達に「よっ」と声をかけてくる。

「オレ、二人倒したんだけどさ。一人、倒したヤツ……水沢《みずさわ》がちょっと足くじいて保健室《ほけん》行っちゃったから、報告行ってないと思うんだ。だから、ついでにそれも先生に言っておいてくれないか？」

彼は、爽《さわ》やかなスマイルで私達にそんなことを言ってくる。

私は負けないぐらい爽やかに彼に微笑《ほほえ》み……そして、銃口《じゅうこう》をつきつけた。

「じゃ、自分で報告してきなさい」

発砲《はっぽう》。紅《くれない》に染《そ》まる、広川君。しかし彼はそれでも……キョトンとして、私を見ていた。

「び、びっくりした……。けど、なんだよ、紅葉。どっちにしろ、お前もうやられてるんだから、これノーカンだし、意味ないだろ」

「ノーカン？　なんでそう思うの？」

「だって、既《すで》に死んでるヤツ……被弾しているヤツの銃撃《じゅうげき》は無効《むこう》だろ？」

「そうね」

「だったら、ほら、お前から喰《く》らっても、全く無意味だろ」

そう言いながら、広川君は私の背のケチャップ染《じ》みを指さす。しかし私は……可笑《おか》しくて、思わず笑ってしまった。

「既に死んでいる生徒の銃撃は無効。だからこそ、私の銃撃は有効《ゆうこう》なのよ、広川君」

「？？？」

首を傾《かし》げる広川君に……アカちゃんが、隣《となり》から分かりやすく説明する。

「えっとね。だから……知弦の背のケチャップ。アレを撃《う》ったの、私なの」

「桜野が？　えっと、だから、それが——」

「私がね。『死んだ後』に撃った、ケチャップなんだよ」

「…………へ？」

そこで広川君は情《なさ》けない顔をし……そして状況を理解《りかい》したのか、「ああっ⁉」と頭を掻《か》き毟《むし》る。

「紅葉っ、お前っ、騙《だま》したなっ！」

「あら、私達は一つも嘘《うそ》を言ってないわよ。被弾したとも言ったし、背後から撃たれて残念だとも言ったけど、私が既にやられているとは、一言も言ってないわ」

「く……こ、この魔女《まじょ》があ！」

広川君は思いっきり怒《おこ》りながらも、そこはスポーツマン。がっくりと肩《かた》を落としつつも、「仕方ねぇなぁ」と、家庭科室から出て行った。負けを報告しに行くのだろう。

彼が出て行ったところで、私はアカちゃんと顔を見合わせ……そして、ハイタッチ（アカちゃんが飛ぶだけ）をかわす。

「やったね、知弦！」

「アカちゃんのおかげよ」

正直《しょうじき》、別に私はそこまで好成績《こうせいせき》が欲《ほ》しいわけでもなかったのだけれど……アカちゃんのこの笑顔《えがお》を見ていると、心から、勝てて嬉《うれ》しいと思えた。同時に、友人の勝利を自分のことのように喜べるアカちゃんを見ていると、なにか、とても温《あたた》かいものが内から湧《わ》いてくる。

私達はそのまま、家庭科室で堂々と残り時間を過《す》ごした。ケチャップ効果《こうか》は絶大《ぜつだい》だ。誰かに見つかったところで、私達は、あまりに堂々と、そして被弾しているように見えるため、誰も私達を襲《おそ》わない。

チャイムが鳴ると同時に、体育館に戻《もど》る。そうして、生徒全員から報告を聞いた真儀瑠先生は、その全《すべ》ての情報《じょうほう》を総合《そうごう》すると、結果発表を開始した。

ケチャップまみれの生徒達が整列する中、真儀瑠先生がなぜか偉《えら》そうに告げる。

「実に面白《おもしろ》い勝負だった！　私はお前達を、誇《ほこ》らしく思うぞ！」

「先生に誇りに思われても、全く嬉しくないわね……」

「そして結果だが……。なんと三ポイントとり、更《さら》に生き残った優秀《ゆうしゅう》な生徒が、たった一人だけ、出た！　彼女が、今回の『優勝者《ゆうしょう》』と言っていいだろう！」

どうやら、なんだかんだで私が最高成績者らしい。他にも生き残った人はいるみたいだけど、三人倒《たお》したのは私だけのようだ。

アカちゃんが「やったね」と私に隣からウィンクしてくれる。たまにはこういう風に目立っちゃうのも悪くないと、私は感慨《かんがい》にふけ――

「そんなわけで……優勝者は、桜野くりむ！　おめでとう！」

『え？』

私とアカちゃんのみならず……クラスメイト達全員が、驚愕《きょうがく》する。

真儀瑠先生はニヤリと微笑み、そして、続けた。

「三人倒して生き残ったのは、桜野だけだぞ。なにか意外だったか？」

「ちょ、ちょっと待って！　おかしいよ！　それは、知弦の間違《まちが》いじゃ――」

アカちゃんが自《みず》らフォローしてくれる。しかし真儀瑠先生は、「いや」と否定《ひてい》した。

「間違いなく優勝は桜野だ」

「そんなはずないよ！　私は、頭を撃たれて死んで……」

「ないぞ」

「え？」

「お前は頭を撃たれて死んでなんか、いない」

「死んだよ！　だって、ほら実際《じっさい》頭に当たって、まだ拭《ぬぐ》いきれてないケチャップも……」

「被弾《ひだん》はしたな。でも、死んではいない」

そう先生が告げた瞬間《しゅんかん》。私は全ての事態《じたい》を把握《はあく》して、「ああ……」と天井《てんじょう》を仰《あお》いだ。

なんてこと。

まだ理解《りかい》出来ていないアカちゃんが、先生に説明を求める。

「当たったのに死んでないって、なんで……」

「そんなの簡単《かんたん》だ。桜野を撃ったのは、既《すで》に死んだ生徒の弾《たま》だったからだ」

「え？」

アカちゃんが首を傾げていると、私の背後《はいご》に居《い》た井上さんが「ごめんなさい」と申し訳《わけ》無さそうに発言する。

「三階で出会《であ》い頭《がしら》に桜野さんを撃ったんだけど、その直前に、桜野さんのデタラメに発砲《はっぽう》したケチャップが靴《くつ》に当たってたみたいなの。でもその時はそれに気付かなくて、そのままその場から走り去っちゃって……後から気付いて、先生に報告《ほうこく》したんだよ」

「わ、私の弾、先に当たってたの？」

そこで、全ての報告を受けている真儀瑠先生が説明を引き継《つ》ぐ。

「つまり、その時点で桜野は死んでないどころか、既《すで》に二ポイント稼《かせ》いでいたわけだ。そうして……お前は更《さら》に、紅葉を撃ったな」

「あ」

そこで、ようやくアカちゃんも理解したらしい。

「だから、その時点で桜野は三ポイント。更に、紅葉は死亡《しぼう》。補足《ほそく》すれば、だから、紅葉にやられたと思い込《こ》んでいた広川も生存《せいぞん》しているというわけだ。彼の場合、それで早々に引き上げてしまったから、二ポイント止まりだがな。だから、優勝は桜野、お前だ」

その事実に、今度は広川君が「な、なんなんだよー！」と頭を抱《かか》える。そりゃそうだ。一番色々騙《だま》されたのは、彼だろう。……可哀想《かわいそう》に。

こうして、皆《みな》が意外な展開《てんかい》に呆然《ぼうぜん》とする中、真儀瑠先生は授業《じゆぎよう》を締《し》めた。

「以上、体育終わりっ！　着替《きが》えて次の授業に備《そな》えろー！」

真儀瑠先生はそう言って、上機嫌《じょうきげん》で去って行く。私達三年A組はそれを呆然と見送り……そして、一斉《いっせい》に溜息《ためいき》を吐《つ》いた。

ぞろぞろと、歩き出す。方々《ほうぼう》から聞《き》こえてくる、愚痴《ぐち》、愚痴、愚痴。

「これでたった一時間の授業でしかないんだから、たまらないわよね……」

「精神的《せいしん》にも体力的にもここまで疲弊《ひへい》させられて、すぐ次の授業だからな……」

「まあ、ある意味成長はするけど」

「こんなスキル、社会で役立つかよ」

そうこう言いつつも、どこかスッキリした表情《ひょうじょう》で歩く三年A組の生徒達。

そんな中、私の隣《となり》を歩いていたアカちゃんが、申し訳《わけ》無さそうに私に声をかけてきた。

「な、なんかごめんね、知弦。結果的に騙したカタチになっちゃった」

「あら、いいのよ、そんなの。気にしてないわ」

それは本当だ。むしろ、この展開は予想外で、とても面白《おもしろ》かったと言っていいぐらい。

「そっか……。じゃ、気にしないで喜ぶね！　わーい！」

アカちゃんは無邪気《むじゃき》に万歳《ばんざい》を始める。私はそれを眺《なが》め……思わず微笑《ほほえ》む。

出会った頃《ころ》から、この子はこうだった。私がいくら小賢《こざか》しい策《さく》を弄《ろう》したり、完璧《かんぺき》な道筋《みちすじ》を作っても、それをいとも容易《たやす》く……無意識《むいしき》に、超越《ちょうえつ》してくる。

周囲の評価《ひょうか》はどうか知らないけど、こういうのがあるから、私は、アカちゃんに敵《かな》う気がしない。そしてそれは、別に不快《ふかい》とかじゃなくて、そういうアカちゃんが傍《そば》に居《い》てくれることを、私はとても幸福に思っている。

ついつい頭で考え、先を予想しすぎちゃう私にとって、そんな想像《そうぞう》を全《すべ》て簡単《かんたん》に覆《くつがえ》してしまうアカちゃんの存在《そんざい》は、言い方は悪いかもしれないけど、本当に癒《いや》される娯楽《ごらく》なのだ。

彼女が居なくても、私は生きていけるだろう。むしろ、彼女が居ない方が、スムーズに生きていけるとも思う。だけど……私はそれを幸福だとは思わない。彼女が居て、引っかきまわされるからこそ、私の人生は、今、こんなに輝《かがや》き、愛《いと》おしいのだから。

私は思わずアカちゃんの頭に手をやる。彼女はそれをくすぐったそうに受け入れ、そして、なぜか「えへん」と胸《むね》を張《は》った。

「そう考えると、実は私、知弦より優秀《ゆうしゅう》だってことだよね！　そっかそっかー。最近自信失ってたけど、やっぱり会長だもんね、私！　書記の知弦より優秀だったからこその、生徒会長だもんね！　うん、納得《なっとく》納得！」

「………………」

うーん、ちょっと美化しすぎていたかもしれないわね。なんかここまで言われると、さすがにムッとしてしまったわ、私も。

しかし、ここで怒《おこ》るのも大人気《げ》ない。私はアカちゃんのブルマ姿《すがた》を見つめ……そして、平静を取り戻《もど》す。

（ああ、そうそう。結局この子、実は私が短パンを隠《かく》して、購買《こうばい》から短パンを買い占《し》め、更《さら》にブルマだけを入荷《にゅうか》させておいたこと、気付いてないのね）

すっかり自分がブルマであることを忘《わす》れ、無邪気に嬉《うれ》しがるアカちゃんを眺《なが》める。

やはり、ある程度《ていど》私の手の上で転《ころ》がってこそのアカちゃんだ。

「生徒会長の能力《のうりょく》を見たかーっ！　あっはっはー！」

「本当に凄《すご》いわ、アカちゃん（ブルマ姿で校内駆《か》け回ったその勇気が）」

授業中密《ひそ》かに隠《かく》し撮《ど》りした、大量のブルマ写メをうっとりと眺める。

この子とは、色んな意味で、いつまでも親友でいたいものだ。

私立碧陽学園生徒会

Hekiyoh School student council

あとがき

あとがき六ページですって。うん。……いや、そこは、十一ページであるべきなんじゃないかな、担当さん。この流れだと。それで「またかー！」って私が活き活《い》きとキレながらも、なんだかんだで無理矢理埋《う》めて、「次はいい塩梅《あんばい》になることを祈ります」とか書いて締《し》めるのが、オーソドックスな流れなんじゃないかな。

……微妙《びみょう》だよ、六ページ。微妙すぎる数字ですよ。いっそ一ページとかだったら、それはそれでネタに出来たのに。

さて、長々と愚痴《ぐち》から入りましたが、そんなわけで短編集です。……短編集？　元々短編集でしたので、まあ、番外編です。……番外編？　何が本編？……よく分かりませんが、とにかく、生徒会の一存シリーズの、ちょっと変り種《だね》エピソード集です。

「二年B組の一存」が丸々収録《しゅうろく》されていたり、知弦《ちづる》さん視点の番外編もあるため、思っていたより変化球気味かもしれません。楽しんでいただけたでしょうか？

番外編らしく、生徒会室から思いっきり出ていたり、主人公不在だったり、丸々過去のエピソードだったりと、色々やらせて貰《もら》いました。……番外編の方が本編より活発に動く小説って、なんなんでしょうね。

今自分で読んでみると、第一話なんて、正気とは思えません。何がって、この話、実は去年の十二月末発売のドラマガに掲載《けいさい》されているんです。……お気付きでしょうか？　まだ本編の第一巻が出てないんですよ、この時点で。つまり、メタ設定の意味も、キャラクター達の性格も、何も分からないドラマガ読者さんに、いきなり二巻以降のノリ（時系列的にも）を突きつけたわけで。……よく受け容れてくれたなぁ、読者さん。

さて、番外編も続刊する予定です。基本はやっぱり、ドラマガ掲載短編と、そして他主人公や部屋を出てのエピソード等、本編とは違う趣《おもむき》で構成していくシリーズになると思います。こっちはこっちで楽しんで下さると、ありがたいです。

今巻は「生徒会の日常」っていうまんまなタイトルですが、これはこれで本編同様ちょろちょろ変化していきますので、お楽しみに。

番外編あとがきと言えば、裏話。しかし裏話と言っても……。

あ、そうそう。シリーズ開始当初、本編が短編集なので、むしろ「外伝は長編する」っていう企画を出したことがありました。実現しておりませんが、やる機会あったら、やってみたいものです。生徒会メンバーで長編。……なにするのか予想つきませんが。本編はその性質上「長期休み（夏休み・冬休み）」のエピソードがごっそり抜けおちるので、やるならそのあたりの話かなとは思っています。……あ、全然実現予定ありませんので、期待はしないで下さいね（笑）。私が勝手に妄想《もうそう》しているだけですので。

そういえば、今回の表紙は会長です。二度目です。……順番的には真冬《まふゆ》であるべきなんですが、本編の方で表紙飾って貰うことを考えると、ここはぐっと抑《おさ》えて頂《いただ》いた感じです。相変わらず不憫《ふびん》な子です、真冬。

その真冬が表紙を飾るであろう四巻は、十二月発売予定です。実は現時点（八月初旬）でまだキッチリ書き終わってないため、具体的な予告は難《むずか》しいのですが。

ただ、相変わらずくっだらないことを一生懸命やってます。しかし、なんと驚愕《きょうがく》の新展開がっ！……あったらいいなぁ、という感じです。そんなわけで、「生徒会の四散《しさん》（仮）」、お楽しみに。うん、タイトル見ると、何かありそうです（笑）。

私の近況報告としては。このあとがきを書いている時点で夏真っ只中《ただなか》なので、ぐったりしております。暑さには弱い葵《あおい》です。どう耐えたらいいのか分からないです。北海道出身だからなのか、私は汗をダラダラかいているのに、周囲の人は平気な顔で歩いている状況の多いこと多いこと。

部屋で働ける仕事で、ホント良かったです。外を歩き回る仕事だったら……私、リアルに命の危機に瀕《ひん》していたんじゃないかと思うぐらい。貧弱男です。

この本が発売される頃には、落ち着いた気候になってくれていることを切《せつ》に願っております。暑さは凶器《きょうき》だと思います。


その他報告は……。ううむ。夏の暑さで余計に外出ようとしなかった結果、執筆とゲームと読書とテレビ等のインドア趣味に、更《さら》にまみれた生活です。夏と言うと、太陽煌《きらめ》く砂浜や、風鈴《ふうりん》の鳴る縁側《えんがわ》、賑《にぎ》わう境内《けいだい》の祭り、みたいな風景の中にいるべきなんでしょうが。今の私にとってクーラーの無い場所は、最早《もはや》毒の沼にしか見えなくなっております。どんどん寂しい人間になっていく……。

とはいえ、実を言うとそんなに凹《へこ》んでもいなくて。部屋で涼しくひっそり、アイス食いながら怪談《かいだん》番組とか見て過ごす夏も、それはそれでいいものです。インドアにはインドアなりの夏があるのです。

でも最近は、私が子供の頃より怪談や心霊《しんれい》番組も減《へ》ってきてしまったような。私は、荒《こう》唐無稽《とうむけい》な作り話とか、怪《あや》しさ満点の心霊写真、あきらかに作り物のUFO&UMA映像でいいから見たいのです。真相の究明《きゅうめい》とか、別にしなくていいんです(笑)。

怖い話って、ボーっとしがちな夏の気だるさを、ちょっと引き締めてくれるから好きです。本来はあまりそういうの得意じゃない私でも、心霊特集とかあるとついつい真剣に見ちゃいます。不思議な魅力です。

この生徒会の一存シリーズも、そんな風に「ついつい読んじゃう」みたいな作品になっていけたら、いいなと思います。

まあ、季節感は全然無いシリーズですけどね(笑)。


さて、今回も謝辞《しゃじ》を。

まず今巻もとても可愛《かわい》らしいイラストを描いて下さった、狗神煌《いぬがみきら》さん。特に表紙の会長などは、一部の男性には空前絶後《くうぜんぜつご》のクリティカルヒットだったことでしょう(笑)。

こちらの番外編シリーズでは、服装や動きの点で、本編には無い構図になることも多いですが、これからもよろしくお願い致《いた》します。ここぞとばかりに、可愛い服装、ポーズをさせていくかもしれませんので(笑)。

そして、担当さん。変化球だらけの番外編をいつも快《こころよ》く受け容《い》れて下さり、本当にありがとうございます。生徒会の一存シリーズがこんなにノビノビやらせて貰えているのは、一重《ひとえ》に担当さんのおかげだと思っております。これからも、悪ノリにバンバン便乗《びんじょう》して、怒《おこ》られる時は一緒に怒られてやって下さい。

そしてそして、番外編まで付き合って下さった、心優《やさ》しい読者様。いつも本当にありがとうございます。いつ「いい加減にしなさい」と言われても仕方ないシリーズですが、これからも、一緒に「バッカだなぁ」と笑って下されば幸いです。

それでは、四巻や次の番外編でも出会えることを願いつつ。

葵　せきな

【初出】

生徒会の零話　ドラゴンマガジン2008年2月号
実録！　生徒会選挙ポスターの裏側！　ドラゴンマガジン2008年5月号
会長の宣言　ドラゴンマガジン2008年5月号付録
リニューアルする生徒会　ドラゴンマガジン2008年5月号
存在意義の無いプロローグ　ドラゴンマガジン2008年7月号付録
二年B組の一存　ドラゴンマガジン2008年7月号付録
二年B組の一日　ドラゴンマガジン2008年7月号付録
二年B組の一員　ドラゴンマガジン2008年7月号付録
存在意義の無いエピローグ　ドラゴンマガジン2008年7月号付録
杉崎家の一晩　書き下ろし
欠ける生徒会　書き下ろし
三年A組の二心　書き下ろし

富士見ファンタジア文庫

生《せい》徒《と》会《かい》の日常《にちじょう》

碧陽学園生徒会黙示録1

平成20年9月25日　初版発行

著者――葵《あおい》せきな

発行者――山下直久

発行所――富士見書房
〒102-8144
東京都千代田区富士見1-12-14
http://www.fujimishobo.co.jp
電話　営業　03(3238)8702
　　　編集　03(3238)8585

印刷所――暁印刷
製本所――BBC

ISBN978-4-8291-3328-6 C0193

ファンタジア大賞作品募集中！
大賞賞金
300万円！
きみにしか書けない「物語」で、
今までにないドキドキを「読者」へ。
新しい地平の向こうへ挑戦していく、
勇気ある才能をファンタジアは待っています！
大賞 300万円
金賞 50万円
銀賞 30万円
読者賞 20万円
［募集作品］
十代の読者を対象とした広義のエンタテインメント作品。ジャンルは不問です。未発表のオリジナル作品に限ります。短編集、未完の作品、既成の作品の設定をそのまま使用した作品は、選考対象外となります。また他の賞との重複応募もご遠慮ください。
［原稿枚数］
40字×40行換算で60〜100枚
［応募先］
〒102-8144
東京都千代田区富士見1-12-14
富士見書房「ファンタジア大賞」係
締切は毎年
8月31日
（当日消印有効）
選考過程＆受賞作速報は
ドラゴンマガジン＆富士見書房
HPをチェック！
http://www.fujimishobo.co.jp/
第15回出身
雨木シュウスケ　イラスト：深遊（鋼殻のレギオス）